ESCAPE ROOM Kids

Danke Greta und Rita. Ihr seid die Schlüssel meines Lebens.
IVAN TAPIA

David, danke für das Öffnen Deiner Türen.
MONTSE LINDE

HEEL Verlag GmbH
Gut Pottscheidt
53639 Königswinter
Tel.: 02223 9230-0
Fax: 02223 9230-13
info@heel-verlag.de
www.heel-verlag.de

3. Auflage 2019

First published in Spanish in 2017 by Lunwerg

Lunwerg is an Imprint of Editorial Planeta, S. A.

Originaltitel: *Escape Book Junior. Las puertas de Lía*
Original-ISBN 978-84-16890-40-8

Autor: Ivan Tapia, Montse Linde
Illustrationen: © Júlia Gaspar
Layout: lookatcia

Deutsche Ausgabe:
Übersetzung aus dem Spanischen: Birgit Irgang, Marburg
Covergestaltung und Satz: Axel Mertens, HEEL Verlag GmbH
Coverbilder: © Júlia Gaspar, © Fotolia/Alex (Labyrinth)
Lektorat: Ulrike Reihn-Hamburger

Printed in Czech Republic

ISBN 978-3-95843-786-9

IVAN TAPIA
MONTSE LINDE

ESCAPE ROOM Kids

LÖSE DIE RÄTSEL DER GEHEIMEN BRUDERSCHAFT

HEEL

Herzlich willkommen in diesem „Escape Room“!

Wir haben eine tolle Neuigkeit für dich: In diesem Buch bist du selbst die Hauptperson. Wie das sein kann? Das liegt daran, dass die Geschichte durcheinandergeraten ist, und wenn du wissen möchtest, wo es weitergeht, musst du die Rätsel lösen. ;o)

So geht's:

Lies das Buch, bis du auf ein Rätsel stößt.

Mit den Informationen, die Lia dir im Laufe des Kapitels gegeben hat, versuchst du es nun zu lösen. Jedes Rätsel, das du löst, liefert dir eine Zahl: Sie verweist auf die Seite, auf der die Geschichte weitergeht.

Manchmal brauchst du Gegenstände, die während der Lektüre auftauchen: ein Medaillon, einen Ring, etc. Verwende sie, um die Botschaften zu entschlüsseln.

Und was passiert, wenn du mit einem Rätsel nicht weiterkommst?

Kein Problem! Unter jedem Rätsel ist ein Hinweis zu finden. Um ihn lesen zu können, musst du das Buch umdrehen, sodass die Seite auf dem Kopf steht.

Außerdem kannst du auch deine Eltern, Geschwister oder Freunde bitten, dir einen Tipp zu geben.

Und wenn du die Aufgabe trotzdem nicht knacken kannst, ist das auch nicht schlimm. Am Ende des Buches findest du zur Sicherheit die Lösungen aller Rätsel.

Wir wünschen dir viel Spaß mit Lia. Begleite sie nun auf ihrem Weg zur Bruderschaft des Schlüssels.

Viel Glück!

EINE SELTSAME BOTSCHAFT

Der Bus hält an.

Ich steige ein und setze mich auf einen Einzelplatz. Ich habe keine Lust, von jemandem angesprochen zu werden – schon gar nicht von einer dieser älteren Damen, die sich zuerst für mich zu interessieren scheinen, doch dann nach und nach nur noch über sich selbst sprechen. Ich gehe aufs Gymnasium und komme ganz wunderbar allein zurecht. Wenn sie mich zu sehr nerven, steige ich früher aus dem Bus aus und fahre die restliche Strecke mit dem Skateboard.

Der Bus fährt los.

Da du dich vielleicht fragst, wer ich bin, will ich mich kurz beschreiben: Ich habe fast schwarzes Haar, das mehr oder weniger bis auf die Schultern reicht. Meistens trage ich ein graues Sweatshirt, das eine Nummer größer ist, als ich eigentlich bräuchte, einen Rock, „Adidas Superstar"-Schuhe und rote Kopfhörer: Wann immer es geht, höre ich Musik auf meinem alten Handy. Ach ja, und fast immer bin ich auf meinem Skateboard unterwegs, das ebenfalls rot ist und gelbe Räder hat – ein Geschenk meines Onkels zu meinem letzten Geburtstag. Ja, ich lebe bei meinem Onkel, und er ist der einzige Familienangehörige, den ich habe. Meine Eltern habe ich kaum gekannt, aber du musst mich nicht bemitleiden, denn ich kann Kummergesichter nicht leiden. Vermutlich könnte man sagen, dass ich ein normales Mädchen bin – doch das wäre gelogen.

Ich heiße Lia und bin eine Türöffnerin.

Nein, ich bin keine Einbrecherin oder so, keine Sorge. Ich habe die Fähigkeit, in den Kopf einer anderen Person einzudringen. Nun ja, nicht in den Kopf, sondern in eine Art Haus, das wir Menschen in unserem Kopf haben. Ein Haus, wie du es kennst, aus Steinen und Glas, aber anders. Ich nenne es „Gedankenhaus" und es zeigt, wie wir wirklich sind. Ja, du hast auch ein Gedankenhaus in deinem Kopf, auch wenn du es vielleicht noch nicht weißt.

Oh je! Diese Straße ist in einem schlechten Zustand. Die Schlaglöcher sollten mal ausgebessert werden.

Für mich ist es ganz einfach, in den Kopf einer Person einzudringen. Ich muss die Person nur berühren und mich konzentrieren. Wirklich, das ist echt cool. Einmal habe ich mich in den Kopf eines riesigen Mannes begeben, der ein so winziges Gedankenhaus hatte, dass man die Bilder von den Wänden riss, wenn man sich darin umdrehte. Ich weiß auch nicht: Interpretiere das, wie du magst. Und ein andermal war ich in einem Gedankenhaus, in dem alle Möbel aus Schokolade waren, sodass man sie aufessen konnte, wenn man wollte. Was ich vorsichtshalber nicht gemacht habe. Ich versuche, mit den Gedankenhäusern, die ich besuche, äußerst respektvoll umzugehen.

In ihrem Gedankenhaus bewahren die Leute ihre Erinnerungen und ihre Privatsphäre in einer Art Geheimversteck auf. Manchmal ist das ein normales Möbelstück, gelegentlich handelt es sich aber auch um einen Tresor. Das kann eine Truhe sein, aber ich habe sogar schon einmal Geheimnisse in einem Schuhkarton gesehen. Manche Menschen halten sie unter Verschluss, andere nicht. Und ich schaue sie mir nicht an. Ich weiß, dass ich es tun könnte, aber ich halte es einfach nicht für richtig. Okay, wenn es unbedingt nötig ist, schaue ich mir die Geheimnisse an. Einmal hat meine Fähigkeit es mir ermöglicht, einer alten Dame zu helfen, die im Nachthemd mitten auf der Straße stand und nicht wusste, wie sie nach Hause finden sollte. Ich drang in ihren Kopf ein und suchte in ihren Erinnerungen nach der Adresse ihres Hauses.

Das scheint eine geniale Fähigkeit zu sein, nicht wahr? Doch so ist es nicht, und deshalb versuche ich, sie so selten wie möglich zu nutzen. Dafür gibt es hauptsächlich zwei Gründe:

Erstens: Ich fühle mich komisch, wenn ich ohne Erlaubnis in die Privatsphäre eines anderen Menschen eindringe.

Zweitens: Nach meiner Rückkehr in die wirkliche Welt habe ich mächtig Kopfschmerzen.

Hey! Dieses Lied von Taylor Swift finde ich klasse!

Ich habe dir ja bereits erzählt, dass es mir sehr leicht fällt, in den Kopf einer Person einzudringen. Jetzt könnte ich mich auch in deinen Kopf begeben, wenn ich dich berühren und mich konzentrieren würde. Doch manchmal stoße ich auf Gedankenhäuser, die einen Riegel oder ein Schloss vor der Tür haben, und dann ist es schwieriger. Obwohl ich eigentlich recht gut darin bin, Riegel und Schlösser zu öffnen, laufe ich schnell weg, wenn ich auf ein solches verriegeltes Haus stoße – und zwar aus zwei Gründen:

Erstens: Hat jemand seine Tür verschlossen, will er nicht, dass jemand hereinkommt. Und ich habe dir ja schon gesagt, dass ich keine Einbrecherin bin. Du betrittst ja auch nicht einfach das erste Haus an der Straße, auf das du stößt, oder?
Zweitens: Verriegelte Häuser bringen Schwierigkeiten. Je mehr Schlösser es gibt, desto mehr Angst habe ich.

Heute fährt der Bus aber langsam.

So bin ich, seit ich denken kann. Früher dachte ich, alle Menschen könnten das, doch dann habe ich erkannt, dass das nicht stimmt und dass ich komisch angeschaut werde, wenn ich von meiner Fähigkeit erzähle. Also habe ich aufgehört, darüber zu sprechen. Seit einer Ewigkeit habe ich niemandem mehr davon erzählt, selbst Lily nicht, die in der Schule so etwas wie meine beste Freundin ist.

Doch heute ist etwas passiert, das mich sehr überrascht hat. Und deshalb muss ich mit jemandem sprechen. Ich habe in meiner Tasche einen Zettel gefunden. Es war sehr seltsam, denn was darauf stand, war eine Art Kauderwelsch aus Buchstaben und Wörtern. Ich wollte den Zettel schon wegwerfen. Aber dann konzentrierte ich mich ein bisschen stärker – und war plötzlich wie erstarrt.

HOLAL, ALI. STANNK UD NÜRTE FEFNÖN? RIW CHABUREN DCHI. MOMK TEHEU MANCHATTIG CHNA DRE SULCHE URZ TENAL RASSTES MERNUM TACHTHUNEINDER.

Sortiere die Buchstaben jedes Wortes, um die Botschaft lesen zu können.

ICH HABE FALKES AUSGANGSTÜR GEFUNDEN UND GEÖFFNET!

Nach einem Luftsprung gehe ich hindurch – und befinde mich wieder in der realen Welt.

Zum Glück ist es mir gelungen, aus Falkes Kopf zu entkommen. Ich habe etwas sehr Merkwürdiges entdeckt: In Falkes Ausgangstür gab es ein kleines Fensterchen, durch das ich die reale Welt sehen konnte. Ich weiß nicht, ob jede Ausgangstür ein solches Fenster hat. Bevor ich durch die Tür ging, habe ich uns gesehen, wie wir Hand in Hand dastanden, und jetzt, da ich draußen bin, halten wir uns noch immer an den Händen. Ich fühle mich ihm nun näher. Das ist ein seltsames Gefühl. Es geht mir immer so. Wenn ich den Kopf einer Person verlasse, ist es, als wäre sie mir etwas lieber als die anderen, obwohl wir uns nicht kennen.

Und hey, ich habe keine Kopfschmerzen! Das ist ja genial. Soooo gut. Schon allein die Tatsache, dass ich gelernt habe, wie man Gedankenhäuser verlässt, ohne dass einem nachher der Kopf weh tut, ist schon all die Angst wert, die ich hatte.

„Lia, das hast du gut gemacht. Aber es wird nicht immer so leicht sein. Nicht alle Menschen, die du in Gedankenwelten triffst, haben gute Absichten", sagt Schwan.

„Sprichst du von diesen Quan-irgendwas? Wer sind die?"

„Türöffner, die sich über das ärgern, was wir tun. Und sie heißen ‚Quanten' – für den Fall, dass du den Begriff im Wörterbuch nachschlagen willst, wovon ich ausgehe."

„Und was tut ihr, wenn ich fragen darf?"

„Nun ja, wir versuchen beispielsweise zu verhindern, dass jemand in dein Gedankenhaus eindringt und dir deine Geheimnisse und Erinnerungen klaut."

Das alles hat sie mit ernster, sehr ernster Miene gesagt. Die anderen halten ihre Köpfe gesenkt.

Ich weiß, dass es nicht vernünftig ist, aber ich will mehr darüber wissen. Etwas an ihrem Tonfall hat mich aufhorchen lassen.

Ich gebe mir einen Ruck und frage: „Womit machen wir weiter? In wessen Kopf soll ich mich jetzt begeben?"

Schlange schüttelt den Kopf. Falke und Gepard seufzen, als hätten sie den Atem angehalten. Und zum ersten Mal, seit wir uns kennengelernt haben, nimmt Eichhörnchen Anteil an dem Geschehen, schaut mich an und lächelt. Anscheinend hatten sie Angst, dass ich einen Rückzieher machen könnte oder so.

„Du bist eine gute Türöffnerin, Lia. Aber nun heißt es erst einmal abwarten. Wir werden uns bei dir melden."

Schwan erklärt mir noch einige Regeln, die ich in der Zwischenzeit einhalten soll:

Regel 1: Direkt nach dem Aufwachen alle meine Träume zeichnen. Sie sagt, dass sie mir ihre Botschaften auf diesem Weg zukommen lassen werden. Außerdem kann man so erkennen, ob jemand versucht hat, mein Gedankenhaus zu betreten.
Regel 2: Ohne Erlaubnis in keinen Kopf eindringen. Das wäre möglicherweise gefährlich, denn die Quanten könnten mich aufspüren – jetzt, da ich mein Talent zu kontrollieren beginne. (Anmerkung: Die Sache mit den Quanten ist mir immer noch nicht so ganz klar.)

Schwan sagt, wenn ich mich nicht an die Regeln halte, dürfe ich kein Mitglied der Bruderschaft werden. Das klingt nach einer Drohung, oder? Sie übertreibt. Ich mag es nicht, wenn man mir droht. Überhaupt nicht.

Regel 3: Das Medaillon verwenden, um die Botschaften zu entziffern, und es immer bei mir haben.

Welches Medaillon?

Schwan holt vorsichtig ein Medaillon an einem Kettchen hervor, das sie in einem Stoffbeutel aufbewahrt hat.

Ich nehme das Medaillon an mich und gehe zur Bushaltestelle. Ich will nicht auf dem Skateboard nach Hause fahren.

Schon sind alle gegangen. Im Bus betrachte ich das Medaillon, das Schwan mir gegeben hat. Ich muss es irgendwo verstecken, wo mein Onkel es nicht findet, denn wenn er es sieht, wird er mich ausfragen und ich will ihm keine Lügen erzählen. Dass er es nicht sehen soll, ist das eine, aber ihn zu belügen, ist etwas anderes.

Ich kann es kaum erwarten, nach Hause zu kommen.

Ich google auf meinem Smartphone das Wort Quanten, doch ich kapiere gar nichts von dem, was da erklärt wird. Auch nach mehrmaligem Lesen verstehe ich es nicht. Da geht es um Physik und Energie und Atome und was weiß ich noch alles. Ich fürchte, ich muss warten, bis sie es mir erklären.

Ich schaue aus dem Busfenster. Die Lichter ziehen vorbei.

Ich bin so müde, als hätte ich drei Berge bestiegen. Das waren zu viele Eindrücke. Ich muss alles, was passiert ist, erst einmal sortieren. Also lege ich damit los:

Punkt 1: Es gibt weitere Türöffner, auch wenn nicht alle auf derselben Seite stehen. Da gibt es die von der Bruderschaft, die Quanten – und vielleicht auch noch mehr. Ein ziemliches Durcheinander.
Punkt 2: Ich darf mich nicht länger als eine Stunde Gedankenzeit im Kopf einer anderen Person aufhalten – oder, was dasselbe ist, ich darf nicht länger als sechs Minuten der realen Zeit in einem Gedankenhaus sein. Sollte ich es doch tun, verschwinde ich für immer. Oha!
Punkt 3: Ich muss mich ausschließlich auf meine Uhr verlassen, denn manche Türöffner können die Zeit beeinflussen, um mich zu täuschen. Schlecht.
Punkt 4: Ich muss das Gedankenhaus durch den Ausgang verlassen – dann habe ich keine Kopfschmerzen. Super!!!
Punkt 5: Ich darf in keinen Kopf eindringen, bis sie wieder Kontakt mit mir aufgenommen haben. Blöd.
Punkt 6: Ich soll jeden Morgen nach dem Aufwachen meine Träume malen, da sie mir auf diese Weise Botschaften schicken werden. Seltsam, sehr seltsam.
Punkt 7: Die Leute der Bruderschaft sind echte Freaks. Aber sie beginnen, mir zu gefallen. Das ist einfach so.

Ich mag sie, trotz Schwans Drohung. Drohungen finde ich wirklich doof, weil sie wie eine Erpressung sind. Sie lassen dir keine Wahl. So bist du gezwungen, Dinge zu tun, die du vielleicht ohnehin aus freiem Willen getan hättest. Das ist ein bisschen widersprüchlich, ich weiß.

Ich bin ein paar Straßen von zuhause entfernt.

Immerhin hat Gepard es gemerkt. Also, dass mir das nicht gefallen hat, meine ich. Bevor er ging, hat er mich am Arm festgehalten und mich gebeten, Schwan zu entschuldigen – aber es sei in der Tat sehr wichtig, dass ich auf sie höre und in niemandes Kopf eindringe, denn das sei schlecht für uns alle. Außerdem könne ich dann niemals mehr Mitglied der Bruderschaft werden.

„Ich möchte dich nicht verlieren, Lia."

Ja! Das hat er gesagt, wortwörtlich! Ich habe ihm mein Wort gegeben, und wie du weißt, breche ich ein Versprechen niemals. Und falls du es noch nicht gewusst hast, weißt du es jetzt. Wenn ich jemandem mein Wort gebe, halte ich es auch – komme, was wolle.

SPRECHENDE TRÄUME

Riiing. Ich schalte den Wecker ab.

Dann greife ich nach meinen Buntstiften und beginne zu malen – wie jeden Morgen in letzter Zeit –, für den Fall, dass die Bruderschaft oder wer auch immer mir eine Botschaft oder irgendein Zeichen geschickt hat. Also los. Ich komme mir dabei ein bisschen komisch vor. Aber ich tue es.

Seit den Ereignissen in der Fabrik sind fünf Tage vergangen, und noch immer haben sie mir nichts mitgeteilt. Habe ich mir das alles nur eingebildet? Bin ich nicht mehr ganz richtig im Kopf? Sollten sie innerhalb einer Woche kein Lebenszeichen von sich gegeben haben, werde ich davon ausgehen, dass das alles nicht wirklich passiert ist – das mit den Masken, den Fähigkeiten, der Bruderschaft und so.

Falls es so kommt, werde ich mit meinem Onkel sprechen, damit er mich zu einem jener Ärzte bringt, die sich um alles kümmern, was mit dem Kopf zu tun hat. Ich selbst denke, dass ich in Ordnung bin, reif, vernünftig und all das. Aber vermutlich halten alle Verrückten sich für großartig. Denn sonst würden sie ja nicht tun, was sie tun.

Ich male auf gut Glück weiter.

Es macht Spaß, auch wenn es etwas seltsam ist – einfach drauflos malen, ohne darüber nachzudenken, was man malt. Man muss nicht mal aufs Papier schauen. Einfach den Stift auf das Blatt setzen und sich treiben lassen. Einmal wäre ich dabei fast wieder eingeschlafen.

Ich habe in diesen fünf Tagen mein Wort gehalten und bin in keinen Kopf eingedrungen. Es ist ja nicht so, dass ich täglich das Gedankenhaus irgendeiner Person betrete, doch diesmal ist es mit nicht ganz leicht gefallen, es nicht zu tun – weil es etwas ist, das ich nicht selbst entschieden habe, sondern weil die Bruderschaft mich darum gebeten hat. Und ich treffe meine Entscheidungen lieber selbst.

Die Striche laufen kreuz und quer über das Papier und ergeben keinen Sinn.

Den ganzen Tag über sehe ich mir die Leute in der Schule an. Ich bin mir sicher, dass die Mitglieder der Bruderschaft auch hier Schüler sind. Das ist keine Paranoia, sondern reine Logik. Würden sie mich nicht kennen, wüssten sie nicht so gut über mich Bescheid, denn ich habe selbst nur Kontakte zu Leuten aus meiner Schule. Klar, es könnte auch sein, dass sie mich durch Zufall gefunden haben. In der Gedankenwelt, meine ich.

Gestern war ich kurz davor, es Lily zu erzählen, aber das ist nichts, was man einfach so auf einer Busfahrt erzählen kann. „Ach, übrigens, weißt du, dass ich in anderer Leute Kopf eindringen kann?" – „Ja, echt super." Na, du weißt schon, was ich meine.

Weitere Striche ohne Sinn.

So langsam habe ich die Nase voll. Und als wäre das nicht schon genug: Jetzt habe ich auch noch Betty an der Backe – das nervigste, anstrengendste und arroganteste Mädchen in meiner Klasse. Wir müssen gemeinsam etwas für Geschichte ausarbeiten. Der Lehrer hat uns zusammengetan. Tolle Idee! Ich werde meinen Teil der Arbeit erledigen und dann schauen, dass ich wegkomme. Denn was ich noch nicht erwähnt habe: Betty ist nicht nur das nervigste, anstrengendste und arroganteste Mädchen, sondern verwendet auch noch eins jener stinkenden Parfüms für ältere Damen. Sie nimmt es nicht in großen Mengen, aber wenn man sehr dicht neben ihr sitzt, ist es unerträglich.

Oh! Hier scheint eine Zeichnung etwas Sinnvolles zu zeigen. Ich kann es kaum glauben! Diese kleine Zeichnung. Aber ich verstehe nichts. Moment mal! Diese Farben? Klar! Das Medaillon!

Ich bin doch nicht verrückt.

„Lia, Frühstück ist fertig."

Noch fünf Minuten, Onkel, fünf Minuten. Zuerst muss ich dieses Rätsel lösen.

„Ich komme gleich!"

Ersetze die Farben mithilfe des Medaillons durch die entsprechenden Buchstaben.

ICH HABE HINTER DEN STRICHEN EINE TÜR GEFUNDEN!

Ich nähere mich der Tür und greife nach der Klinke.

Nachdem ich die Tür geöffnet habe, befinde ich mich in einem Saal voller Spiegel. An jeder Wand gibt es Spiegel, große und kleine, alte und moderne, oben und unten, links und rechts, vorne und hinten … Und in jedem sehe ich mein Spiegelbild. Mir wird schwindelig.

„Jetzt musst du alleine weitermachen, Lia."

Halt, nein: Ich werde Schwan nicht so einfach gehen lassen.

„Du hast gesagt, dass du mir Antworten geben würdest, Schwan. Du hast es mir versprochen."

„In Ordnung. Stell mir eine Frage, nur eine einzige, und ich werde versuchen, sie zu beantworten."

Eine? Eine einzige?

„Woher wusstest du, dass ich eine Türöffnerin bin?"

„Wir haben dich erst vor kurzem entdeckt. Bis jetzt warst du wie eine Art Türöffnerin im Ruhezustand. Die ungeübten Türöffner haben in der Regel nicht viel Macht, und es ist wahrscheinlich, dass niemand sie jemals findet. Du hingegen bist stark, und hast dein Talent im Alleingang genutzt. Und deshalb haben wir dich entdeckt. Wir hatten das Glück, die ersten zu sein. Aber jetzt beeil dich. Zeig uns, wozu du in der Lage bist, und finde hier raus. Die Zeit läuft, und du wirst doch wohl nicht für immer in Bettys Gedankenhaus eingesperrt bleiben wollen, oder?"

Sie sagt das mit einem Lächeln, aber nicht so, als würde sie sich amüsieren. Sie sagt es mit Ironie – und das ist dem Wörterbuch zufolge eine „rhetorische Figur, bei der etwas behauptet wird, was der richtigen Meinung nicht wirklich entspricht – zum Beispiel, um sich unterschwellig über jemanden lustig zu machen". Nein, ich habe nicht immer ein Wörterbuch bei mir, aber diese Definition kenne ich auswendig, weil ich sie einmal nachgeschlagen habe und sie mir so gut gefallen hat, dass ich beschlossen habe, sie mir zu merken. So bin ich.

Dann verschwinden Schwan und Schlange.

Ich betrachte den Spiegelsaal aufmerksam.

Tatsächlich zeigen nicht alle Spiegel das gleiche Bild. Das heißt, ich stehe zwischen diesen Spiegeln, aber an verschiedenen Orten. Blicke ich nach links, sehe ich mich im Wohnzimmer eines Puppenhauses, mit einer Kaffeekanne auf dem Tisch und so. Blicke ich nach rechts, sehe ich mich mitten in einem Speicher voller Staub und Spinnweben. Blicke ich nach vorne, sehe ich mich im Operationssaal eines Krankenhauses. Und wenn ich nach hinten schaue, sehe ich Dunkelheit.

Das verstehe ich nicht. Betty muss sehr krank im Kopf sein, wenn sie ein solches Gedankenhaus hat. Und ich bin wie gelähmt und habe keine Ahnung, wo ich weitermachen soll. Am liebsten würde ich schreien und nach Schwan rufen. Anfangs habe ich keine Tür gesehen, doch jetzt sehe ich in jeder Wand eine; aber sie machen alle keinen guten Eindruck auf mich. Ich muss hier raus. Die Zeit läuft, und ich muss wirklich hier raus.

Ich entscheide, die Tür zu öffnen, die sich in der Wand befindet, an der ich mich in einem Puppenhaus sehe. Nachdem ich hindurchgegangen bin, befinde ich mich in einem Saal mit der doppelten Menge an Spiegeln als zuvor, obwohl der Raum kleiner ist. Ich wähle zufällig eine andere Tür aus und öffne sie. Und eine weitere. Und noch eine. Ich mache eine Tür nach der anderen auf, ohne Pause. Jedes Mal verändert sich auch die Szene, in der mein Spiegelbild gezeigt wird: Ich sehe mich selbst auf einer Beerdigung, in einem Raum voller Kinderbetten und Hand in Hand mit einem anderen Kind, in einem Park, in einer Achterbahn ...

Jetzt verstehe ich! Das sind Bettys Erinnerungen. Wenn mein Bild zwischen ihre Erinnerungen geraten ist, bedeutet dies, dass ich Gefahr laufe, für immer zwischen den Spiegeln gefangen zu bleiben. Oh nein, das darf nicht passieren!

Ich renne, ducke mich und laufe geduckt weiter.

Immer weiter laufe ich, und die Räume werden immer kleiner. Ich verliere den Mut. Nun sehe ich in allen Spiegeln, die mich umgeben, Bettys Bild neben meinem. Ich darf nicht stehenblieben, ich weiß, dass ich rennen muss.

Nun bin ich wieder in dem Puppenhaus, das diesmal deutlich kleiner ist.

Mein Kopf stößt an die Decke, und vom Krabbeln tun mir die Knie weh.

Auf allen Vieren hetze ich weiter. Ich laufe im Kreis. Inmitten eines Labyrinths aus Spiegeln bin ich gefangen. Ich schlage auf die Spiegel ein, die zerspringen; doch immer wenn ich das tue, erscheint eine Schlange in den Spiegeln neben uns, neben Betty und mir. Je stärker ich zuschlage, desto größer ist die Schlange. Ich weiß, dass sie mich fressen wird. Ich weiß, dass sie meinen Körper umschlingen und mich töten wird. Ich bin erschöpft … Die Wände bedrängen mich …, sie werden mich erdrücken … Ich kann mich nicht bewegen … Ich kann nicht weitermachen … Ich halte das nicht aus …

Ich schreie: „Neeeeeiiiin!!!“

Ich schreie aus Leibeskräften, und alle Spiegel zerspringen. Sie explodieren. Kein einziger bleibt heil. Vor mir sehe ich die Ausgangstür. Ich bin erschöpft, schaffe es aber trotzdem, all meine Kräfte zusammenzunehmen und auf die Tür zuzulaufen. Sie hat ein kleines Fensterchen in der Mitte, durch das ich die wirkliche Welt sehen kann. Auf der anderen Seite sind Betty und ich in der Bibliothek und halten uns an den Händen.

Auf der Tür gibt es Buchstaben, doch wenn ich sie in der üblichen Art und Weise lese, entdecke ich keinen Schlüssel.

Es sind fünfzig Minuten vergangen. Es bleiben mir nur noch zehn Minuten, um die Tür zu öffnen und aus diesem Albtraum zu entkommen.

HAUS
NACHT
HUND
TANTE
SCHUH
SONNE
DECKE
LAVA
LIED
BADEWANNE
ROLLER
ARZT
IGEL
SORGEN

Lies senkrecht, nicht waagerecht.

ICH BIN VON SCHWANS VORPLATZ ENTKOMMEN UND HABE DIE TÜR ZU IHREM HAUS GEÖFFNET!

Das Schloss geht auf. Der Lärm verschwindet. Jakob atmet auf.

„Gut! Sie haben es nicht geschafft."

Die Dunkelheit löst sich auf und stattdessen ist Schwans Haus an einem Berghang zu sehen. Das ist faszinierend. Das Ocker des Holzes passt zum Ocker des Bodens, wenn die Sonne darauf scheint. In der Nähe gibt es einen Bootssteg. Dort wartet Schwan auf uns.

Tausend Wege führen in die verschiedensten Richtungen, angenehme Wege, die man gerne immer wieder geht. Es riecht nach frisch gebackenem Brot. Es riecht nach zuhause. Ich habe Lust, für immer hier zu bleiben.

Wir gehen auf den Bootssteg zu.

Ich weiß nicht, wie Schwans Haus von innen aussieht, aber ich bin sicher, dass es einem jener Häuser ähnelt, in denen in Filmen Großeltern wohnen, in denen immer fertiger Kakao wartet, ein frisch gebackener Kuchen und sauberes Bettzeug. Und in denen es nie kalt ist. Ein Haus, in dem gelacht, gespielt und genossen wird.

Wir erreichen den Bootssteg.

Schwan begrüßt uns mit einem Lächeln. Dann sieht sie Jakob an, und ihr Gesichtsausdruck verändert sich. Jakob geht zu ihr, und sie reden lebhaft miteinander. Schwan bringt Jakob mit einer Geste zum Schweigen. Sie ist so klein, er so groß. Aber er hört auf zu reden.

Nun spricht Schwan weiter. Ich weiß nicht, worüber – ich weiß nur, dass Jakob und Schwan mir einen verstohlenen Blick zuwerfen. Sie reden bestimmt über mich, darüber, was sie mit mir machen sollen.

„Lia, Gepard und ich müssen gehen. Es tut mir wirklich leid. Geh in mein Haus ..."

„Pustekuchen!"

Es tut mir leid, aber ich kann einfach nicht mehr.

Schwan schaut mich überrascht an. Gepard wirkt erschrocken.

„Ich denke nicht daran, mich von hier wegzubewegen, bevor ihr mir nicht erzählt, was vor sich geht und wer uns folgt. Und wenn ihr es eilig habt, könntet ihr ja schon mal mit dem Reden anfangen."

Sie sehen sich an. Sie sehen mich an. Und schließlich trifft Schwan eine Entscheidung:

„Lia, wir brauchen dich. Die Bruderschaft des Schlüssels braucht dich. Unsere Bruderschaft ist ein Kreis aus sechs Türen, die uns vor Angriffen von außen schützen. Wenn der Kreis komplett ist, verbinden sich unsere Türen miteinander, all unsere Fähigkeiten konzentrieren und vervielfachen sich um das Sechsfache. Wenn es aber eine Lücke gibt, kann der Kreis sich nicht schließen und es bleibt eine Leere, wo eine Tür sein sollte. Dann entschwinden unsere Fähigkeiten durch dieses Loch und wir werden sehr schwach. Falls es uns nicht gelingt, den Kreis zu schließen, können wir uns nicht verteidigen. Verstehst du?"

„Ich verstehe. Aber wer verfolgt euch? Und warum?

„Gepard, geh schon mal vor, ich verschwinde gleich", fordert Schwan Jakob auf.

„Beeilt euch.", sagt er.

Jakob geht auf Schwans Haus zu, doch bevor er geht, gibt er mir einen Armreif.

„Du wirst ihn brauchen."

Schwan spricht weiter:

„Es gibt Leute, die kein Interesse daran haben, dass die Bruderschaft des Schlüssels stark ist. Wie du erfahren hast, wussten wir, dass deine Fähig-

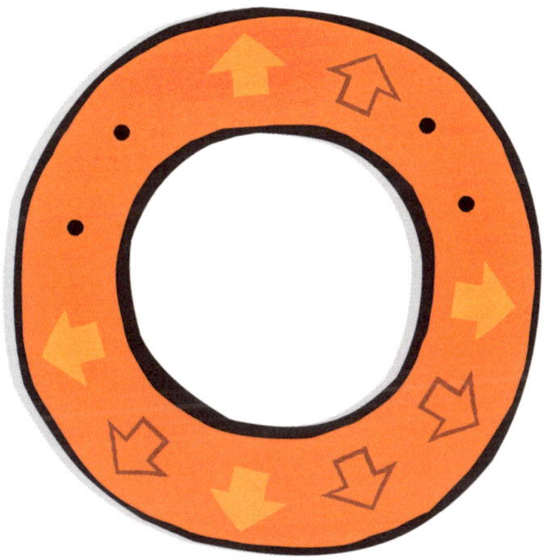

keit mächtiger werden würde und dass andere Türöffner-Gruppen dich entdecken könnten. Aber du bist wirklich sehr mächtig, Lia, und wir haben den Verdacht, dass sie bereits auf dich aufmerksam geworden sind. Falls das stimmt, werden sie versuchen zu verhindern, dass du die Prüfungen bestehst, damit die Bruderschaft des Schlüssels ihren Kreis nicht schließen kann."

„Und warum wollen sie nicht, dass die Bruderschaft des Schlüssels stark ist, Schwan?"

„Die Bruderschaft des Schlüssels ist damit beauftragt, über die Erinnerungen und Geheimnisse zu wachen. Wir sind die Hüter der Privatsphäre und der Freiheit."

Schwan fasst meine Hand und wir laufen auf ihr Haus zu.

Die Tür steht offen, wie Jakob sie hinterlassen hat, und wir treten ein. Wenn ich nicht gerade damit beschäftigt wäre, alles zu verarbeiten, was Schwan gerade erzählt hat, würde ich mit meiner Intuition angeben: Ihr Haus ist genau so, wie ich es mir vorhin vorgestellt habe: Äußerst gemütlich, es riecht nach Herbst, nach dieser Mischung aus trockenen Blättern, Holz im Kamin, warmer Decke und heißer Schokolade.

Schwan geht entschlossen weiter. Aber ich bin nicht mehr bereit, ihr blind zu folgen.

„Wohin gehen wir, Schwan?"

„Du musst in Jakobs Haus zurückkehren. Von dort bist du hereingekommen und dort musst du wieder hinausgehen. Du kannst durch keinen anderen Ort hinausgehen. Denk bitte daran."

Ich schaue Schwan an, die vor mir geht, und frage mich, wer sich hinter dieser Maske verbirgt. Es gibt so viele Fragen, die ich ihr stellen will, dass ich noch nicht einmal weiß, womit ich anfangen soll.

„Und warum sollte sich jemand in die Erinnerungen und Geheimnisse anderer Menschen einmischen wollen?"

„Meinst du diese Frage ernst? Kannst du dir nicht vorstellen, was passiert, wenn jemand deine Erinnerungen verändert und sich deine Geheimnisse aneignet? Du wärst nicht mehr du selbst."

Ich glaube, ich beginne zu verstehen. Eine Welt, in der die Leute das denken, was einige wenige sie denken lassen wollen. Mir läuft ein kalter Schauer den Rücken herunter.

Im Hintergrund erkenne ich eine Treppe, die ähnlich wie jene in Jakobs Haus aussieht.

„Lia, es gibt Menschen, die ihre Fähigkeit für ihre persönlichen Zwecke einsetzen. Sie begeben sich in die Gedankenhäuser mächtiger Personen und spionieren deren Geheimnisse aus. Überleg mal, was sie dann damit machen könnten. Manch einer ist zu allem bereit, um an solche Geheimnisse heranzukommen."

Ich schaue auf meine Uhr. Es ist spät.

Ich gehöre nicht zu denen, die sich aus dem Staub machen, aber das ist eine deutlich ernstere Angelegenheit, als ich mir jemals hätte vorstellen können. Ich brauche Antworten. Meine Zusammenfassung:

Antwort 1: Sie brauchen mich als sechstes Mitglied der Bruderschaft des Schlüssels, um den Kreis zu schließen. Wer fehlt?
Antwort 2: Manche wollen verhindern, dass ich die Prüfungen bestehe, um zu erreichen, dass die Bruderschaft schwach wird.
Antwort 3: Es gibt Leute, die Geheimnisse stehlen und Erinnerungen verändern.
Antwort 4: Sie nutzen sie, damit die Menschen denken, was sie denken sollen.

Mein Kopf arbeitet in Windeseile.

„Schwan, wie kann es sein, dass ich niemals jemanden getroffen habe? Ich begebe mich schon seit langem in das Gedankenhaus anderer Menschen, aber …"

„Deine Fähigkeit war nicht entwickelt und deshalb ganz schwach. Aus diesem Grund haben die Quanten dich nicht entdeckt. Aber, wie du jetzt weißt, wirst du stärker. Je mächtiger du bist, desto mehr Spuren wirst du hinterlassen, und früher oder später werden die Quanten sich mit dir in Kontakt setzen."

„Sind es die Quanten, die der Bruderschaft ein Ende bereiten wollen?"

„Nicht alle, nur einige von ihnen. Los, Lia. Jetzt können wir nicht länger reden, wir haben keine Zeit zu verlieren."

Ich laufe hinter ihr her zur Treppe, von der ich annehme, dass sie mich zu ihrem Türensaal bringen wird.

Auf der Holztreppe gehen wir schier endlose Stufen hinab. Schwan ist konzentriert: Ihr Rücken ist angespannt, die Fäuste sind geballt. Sie ist klein, strahlt aber viel Kraft und eine beeindruckende Entschlossenheit aus.

„Wo ist das sechste Mitglied der Bruderschaft? Was ist passiert?"

Die Fragen sprudeln wie von selbst aus mir heraus. Ich habe noch nicht einmal gemerkt, dass ich sie ausgesprochen habe. Schwan bleibt abrupt stehen. Sie sieht mich an und sagt:

„Jetzt nicht. Bitte, Lia, jetzt nicht."

Wie betreten Schwans Türensaal.

Und ich schweige. Etwas ganz tief in meinem Bauch sagt mir, dass ich ihr folgen und vertrauen soll.

Es gibt eine Unmenge an Türen. Einige erkenne ich wieder, andere sind neu für mich. Da ist auch die rote Tür, die ich neben Jakobs Tür gesehen habe. Diese Tür macht mich neugierig. Rechts ist eine zitronengelbe Tür.

Schwan gibt mir die Hand und verabschiedet sich von mir. Sie sagt, dass ich nun alleine weitermachen müsse, dass ich dorthin zurückkehren solle, woher ich gekommen sei, und dass die Ausgangstür in Jakobs Haus die einzige Möglichkeit sei, herauszukommen.

„Und keine Angst, Lia, er wird dort auf dem Vorplatz auf dich warten, um dich zu beschützen. Viel Glück, er ist einer der Besten."

Sie lächelt mir zu. Und dann geht sie. Ja, ihr Lächeln hatte etwas Spöttisches. Aber für mich ist das kein bisschen lustig!

Ich bin erschöpft, und die Zeit vergeht zu schnell. Jakobs Tür ist verschlossen, natürlich! Ich muss sie gleich öffnen.

Trenne die Buchstaben gemäß den Pfeilen auf dem Armreif.
Es ergeben sich zwei Wörter.

MITHILFE DES RINGS HABE ICH DIE BOTSCHAFT ENTSCHLÜSSELT!

Auf meinem Skateboard fahre ich mit Vollgas die Straße entlang.

Das kann doch wohl nicht wahr sein!

WIR ERWARTEN DICH AN JAKOBS TÜR,
DREISSIG MINUTEN VOR SONNENUNTERGANG.

Jakob!!! Oh Mann! Sonst noch was? Ich schaffe es doch noch nicht einmal, ihn anzusprechen. Wie er mich gestern im Bus angeschaut hat … Noch ein bisschen mehr, und ich sterbe vor Scham! Wie soll ich denn in seinen Kopf gelangen? Wenn ich ihn bei den Händen fassen muss, werde ich rot wie eine Tomate. Diese Prüfung werde ich sicher nicht bestehen. Ich muss jemanden aus der Bruderschaft finden, damit sie mich in den Kopf einer anderen Person schicken.

Ein Stein. Ich umfahre ihn mit dem Skateboard.

Außerdem: Wenn ich in seinen Kopf eindringe, müsste ich mich schon sehr zusammenreißen, damit ich nicht das Möbelstück öffne, in dem seine Geheimnisse versteckt sind, um rauszufinden, wen er mag. Ja, ich werde es nicht tun, doch es wird mir sehr schwerfallen. Und vielleicht entdecke ich dann, dass er noch nie an mich gedacht hat … Nun ja, möglicherweise schon, aber nur so als Klassenkameradin. Du weißt schon.

Das Skateboard rollt weiter.

Morgens ist der Bus pünktlich. Zum Glück fahre ich mit dem Skateboard, denn sonst wäre ich ungefähr jeden zweiten Tag nicht rechtzeitig an der Haltestelle. Einmal war ich zu früh da und dachte, der Bus sei schon weg – da bin ich dann zur nächsten Haltestelle gehetzt. Ich komme normalerweise nicht zu früh.

Nach meinen Erlebnissen in Bettys Kopf habe ich ein wenig Angst. Was ist, wenn ich Jakob irgendeinen Schaden zufüge? Ich würde mich lieber in den Kopf eines mir unbekannten Menschen begeben. Nein, es ist mir nicht egal, was mit einer Person passiert, die ich nicht kenne – nicht, dass du das falsch verstehst.

Ich biege in die letzte Straße ein.

Glücklicherweise werde ich mit der Zeit ein wenig ruhiger. Hätte ich Schwan heute Morgen vor mir gehabt, hätte ich ihr die Federn ausgerupft! Klar, ich weiß schon, dass sie keine hat, aber du weißt ja, was ich meine. Natürlich sollte ich nicht darüber nachdenken, was Jakob über mich denkt, aber ich kann es nicht vermeiden.

Soll ich es machen oder nicht?

Ich werde es tun! Vorhin habe ich noch gesagt, dass ich es niemals machen würde, doch ich habe meine Meinung geändert. Ich bin mir sicher, dass die Person, in deren Kopf ich eindringe, nichts davon mitbekommt. Und falls ich mir nicht schon sicher gewesen wäre, hätte das Erlebnis in Bettys Kopf mich eines Besseren belehrt: Als ich da drin war, hätte ich fast einen Herzinfarkt bekommen. Aber sie – als wäre nichts gewesen. Ein wenig Kopfweh, und dann weiter mit ihrem arroganten Gesicht leben.

Das Schlimmste, was passieren kann, ist, dass Jakob ein Mitglied der Bruderschaft ist. Und falls das so wäre, nun ja, dann weiß er sowieso schon alles über mich. Da muss ich dann durch.

Noch ein paar Meter bis zur Bushaltestelle.

Ich will nicht, dass die Leute von der Bruderschaft denken, ich sei ein Schisser, denn das stimmt nicht. Es würde nichts machen, wenn ich ein Schisser wäre, aber ich bin's einfach nicht – Punkt. Würde ich nicht in Jakobs Kopf eindringen, könnten sie denken, das läge daran, dass es mir neulich in Bettys Kopf ziemlich schlecht ging. Aber wir wissen ja, dass das nicht der Grund ist. Ich habe keine Lust, ihnen mein Leben zu erzählen und zu sagen, dass Jakob mir gefällt. Das ist meine Sache. Und außerdem, sooo gut gefällt er mir auch wieder nicht …

Fein! Ich bin pünktlich an der Bushaltestelle angekommen.

SOOO GUT GEFÄLLT ER MIR AUCH WIEDER NICHT

Die letzte Stunde des Nachmittagsunterrichts beginnt.

Kunst. Der Lehrer, Herr Martin, spricht über einen Künstler namens M. C. Escher. Am Anfang habe ich nicht wirklich zugehört, doch dann hat er eine Reihe von Bildern gezeigt, die ich toll fand. Die Bilder sehen aus wie Labyrinthe – Tausende von Linien, die sich kreuzen. Sie wirken abstrakt, doch wenn man genauer hinsieht, erkennt man, dass es sich um Treppen, Vögel, unmögliche Wege und ähnliches handelt. Ich bin begeistert! Sollte ich eines Tages Künstlerin werden, wäre ich gerne so wie er.

Ich schaue zu Jakob hinüber. Er sitzt einige Reihen weiter vorne.

Ich habe einen Plan, wie ich in seinen Kopf gelangen kann. Wir müssen für morgen eine Zeichnung mit Tinte vorbereiten. Während Jakob zeichnet, werde ich ihn schubsen und sein Bild verpfuschen. Und dann werde ich mit ihm dableiben, um ihm zu helfen. Höchstwahrscheinlich wird er dann nie mehr mit mir reden. Aber hey, eine bessere Idee ist mir eben nicht eingefallen.

Ich vertreibe mir die Zeit und tue so, als ob ich zeichne.

Jetzt! Ich kann nicht länger warten. Ich stehe auf, nähere mich ihm und stoße ihn an, während er eine Linie zeichnet. Er hat sogar das Papier durchbohrt! Es fühlt sich mies an, sich so zu verhalten, aber ich muss in seinen Kopf hinein, und es bleibt mir kaum noch Zeit.

Er hebt die Hände an seine Wangen, schaut mich an und sagt:

„Mensch, bist Du ungeschickt!"

Wie peinlich!

„Tut mir leid!"

Mir bleibt fast die Stimme weg. Ich traue mich nicht, ihn anzuschauen, aber als ich es doch tue, sehe ich, dass er nicht wütend zu sein scheint. Fast lächelt er mich an. Wie gut er aussieht.

Mein Herz rast.

Rasch will ich meinen Plan weiter in die Tat umsetzen. Ich spreche so schnell, dass ich nicht weiß, ob er mich versteht.

„Wirklich blöd. Ich bleibe nach dem Ende des Unterrichts hier und helfe dir, eine neue Zeichnung zu machen."

Und dann gehe ich schnell wieder weg. Weder schaue ich ihn an, noch warte ich seine Antwort ab. Oh je, meine Nerven! Schon tut mir der Bauch weh. Von meinem Platz aus sehe ich nur seinen Rücken. Wird er dableiben, damit ich ihm helfen kann, nachdem die Stunde um ist? Ich schaue auf meine Uhr. Wie langsam doch die Zeit vergeht! Ach, wäre doch bloß Falke mit seiner Fähigkeit da, die Zeit schneller laufen zu lassen.

Die Glocke läutet. Die Stunde ist zu Ende.

Mir bleibt das Herz stehen. Alle sind schon gegangen – außer Jakob, der noch an seinem Tisch sitzt. Ich gehe zu ihm und setze mich daneben. Er scheint nicht böse zu sein, auch nicht überrascht. Vielleicht ein bisschen neugierig. Ich fasse sein Hände, ohne ihm Zeit zu lassen, etwas zu sagen, und schaue ihn an. Diese Augen …

Zuuummm.

Ach, du liebe Güte! Jakobs Tür ist beeindruckend. Was ich jetzt sagen werde, ist seltsam – das ist mir klar: Die Tür ist schwarz wie die Dunkelheit, die sie umgibt, doch sie hebt sich trotzdem davon ab, und dadurch wirkt sie beeindruckend.

Ich blicke mich um, ob jemand in der Nähe ist. Vermutlich wird wieder Schwan erscheinen, wenn es mir gelingt, die Tür zu öffnen, doch bisher ist niemand zu sehen.

Ich beobachte die Tür und streiche mit der Hand darüber.

Jakobs Tür ist beeindruckend. Das habe ich bereits gesagt, nicht wahr? Elegant, einzigartig, imposant, schön … Und sie hat vierundzwanzig Schlüssellöcher. Nicht eins, nicht zwei – vierundzwanzig! Warum, um alles in der Welt, braucht Jakob so viel Sicherheit? Mir fallen nur drei mögliche Gründe ein:

Eins: Er ist ein Angsthase und braucht deshalb so viele Schlösser. Dann müsste er aber auch über Gedankenhäuser Bescheid wissen …
Zwei: Er gehört zur Bruderschaft.
Drei: Wenn er kein Türöffner ist, gibt es illegale Besetzer in seinem Gedankenhaus.

Der erste Punkt ist nicht möglich und der dritte ist albern. Also muss Jakob wohl ein Türöffner sein. Ob er auch zur Bruderschaft gehört?

Ich werde nervös, wenn ich nur daran denke.

Hinter den Schlüssellöchern verbergen sich Buchstaben und Zahlen.
Stelle sie paarweise zusammen und ordne sie.

ICH HABE DIE EINGANGSTÜR MEINES HAUSES GEÖFFNET!

Ich hätte nicht gedacht, dass es so schwierig sein könnte, ein von mir selbst erschaffenes Schloss zu öffnen.

Fast hätte ich es nicht geschafft. Doch schließlich öffnet sich die Tür mit einem „Klick".

Wie aufregend! Gleich werde ich mein Haus kennenlernen.

Vor meinen Augen erscheinen die Außenwände des Gebäudes. Meine Tür führt zu einer jener ehemaligen Fabriken, die zu Wohnungen umgebaut worden sind, mit großen, alten Aufzügen für schwere Lasten. Die Wände bestehen aus roten Ziegeln. Mein Haus riecht nach frisch gewaschener Wäsche. Ich bin begeistert und total fasziniert, dass es so aussieht. Niemals würde ich auf dem Land leben wollen. Mir gefallen Landhäuser, aber nur als Besucherin, nicht um darin zu wohnen. Auf der linken Seite der Fassade ist ein riesiges, buntes Graffiti zu sehen.

„Nicht schlecht."

Ich sehe Betty überrascht an. Doch sie meint nicht das Haus, sondern das Sicherheitsschloss, das ich für die Tür gemacht habe.

„Überarbeite es noch ein wenig, wenn du kannst – dann ist es richtig. Es fehlt noch ein bisschen, damit es sicher ist."

Nein, sie hat nicht gesagt, dass es gut oder sehr gut ist, das wäre wohl zu viel für sie gewesen. Sie hat nicht gesagt, dass ich gute Arbeit geleistet habe und dass mein Rätsel nicht nur schwer, sondern auch schön ist. Nein, nichts dergleichen hat sie gesagt. Sie hat von „richtig" gesprochen. Sie ist wirklich ätzend …

„Lia, kann ich schon gehen?"

Ja, natürlich kann sie schon gehen. (Am liebsten würde ich sagen: „Geh zum Teufel!") Betty wartet noch.

„Du wirst nicht wollen, dass ich dein Haus durch die Eingangstür verlasse, oder?"

Ach ja, klar, die Kopfschmerzen. Daran hatte ich nicht gedacht. Wenn sie das Haus auf demselben Weg verlässt, auf dem sie es betreten hat, wird sie schreckliche Kopfschmerzen bekommen. Diese Vorstellung könnte mir fast gefallen. Ich finde es nicht gut, dass sie an meiner Seite ist, während ich zum ersten Mal mein Gedankenhaus betrete. Aber wenn ich sie zum Ausgang bringen sollte, dann muss sie wohl mit mir kommen, nicht wahr?

Betty scheint sich wirklich zu ärgern.

Ich lasse sie noch ein bisschen warten. Doch dann lasse ich sie schließlich hinein. So grausam bin ich dann auch wieder nicht.

Ja, Betty ist wirklich schon da gewesen.

„Lia, ich gehe und lasse dich einen Augenblick allein. Aber schließe nachher alle deine Türen."

Und dann geht sie entschlossen auf eine Tür zu, die im Hintergrund zu sehen ist. Als sei das noch nicht genug, zeigt sie in eine Ecke auf der rechten Seite, die ich von dort, wo ich stehe, nicht sehen kann:

„Ach, Lia, und bring dort irgendein Schloss an. Du musst ja nicht überall bekanntgeben, dass du mit Jakob zusammen bist."

Ich schaue in die Richtung, in die sie zeigt, und sterbe fast vor Scham, als ich überall zahllose Bilder von Jakob sehe.

Betty macht mich so richtig wütend, aber es überwiegt doch die Freude darüber, nun alleine zu sein.

Als sie weg ist, gehe ich durch das Gebäude. In jedem Stockwerk gibt es eine Wohneinheit. Die Wohnungen haben keine Wände: Wenn sich die Türen des Aufzugs auf einer Etage öffnen, kann man alles sehen. Na ja, nicht alles, denn im obersten und im untersten Stockwerk gibt es Klappleitern, die hinter dem alten Holz der Decke und des Bodens verborgen sind. Die Landschaft, die durch die großen Fenster zu sehen ist, scheint kein Ende zu haben: Tausende und Abertausende von Schornsteinen in verschiedenen Größen erstrecken sich bis zum Horizont. Die Schornsteine sind aus Glas, sie sind durchsichtig und filtern das Licht, sodass die Farbe sich in Abhängigkeit von der Uhrzeit verändert. Es ist eine magische, aber auch reale Landschaft.

Ich begebe mich in den Keller und werfe einen Blick auf den Türensaal.

Jakobs schwarze und elegante Tür befindet sich neben meiner. Auf der anderen Seite meiner Tür gibt es eine himmelblaue, saubere und helle Tür, die Ehrlichkeit und Warmherzigkeit ausstrahlt. Sie gehört meinem Onkel, da bin ich mir sicher. Auch wenn es mir nicht gefällt, ist auch Bettys kaugummirosafarbene Tür da. Außerdem gibt es zwei verschwommene Türen von verschwundenen Türöffnern. Ich habe keine Ahnung warum, denn ich habe Andrew kaum gekannt. Sie sind weit entfernt, aber vorhanden. Ich weine.

Zum Glück bin ich allein in meinem Haus.

Und obwohl es mein eigenes Haus ist, verliere ich die Orientierung und verlaufe mich.

2

648210504765638369701978364554637380819
382246464636475819101068374645367798190
121219787437191619583645374839101398374
255274398501061918973645383910394781615
143264050376578395847368517983945194304
839201534819673648360304765638359501958
364254637385849183746464636973819101078
37424536479819019101998743719319583645
375269101469837465537639860107191897364
538294019378162222226405037151839584736
151248394519420483942153484947364834080
476222222222298836455263738687938374646
46361758191010583746253657581901910195
874371971958364537525910159837465537539
85010519185736453239505957816151437640
503755583958473625175839451945048395015
34859573648350204765638359501958364554
637385859583726464636575819101058374645
36575819019121958743719141958364537585
910145983742553753985010519185736453839
505957816152437640540375558395847365517
5839451945222222222222222222298350504765
63835950195836455463732585958374646463
657581910105837464536275819019101958743
719019583645375859102598374655375398501
051918573645383950525781615143764050375
558395847365517583245122222239501534859
573648350504765638259201958324554637385
859583746464636575212101058372645365758
190191019587437194225836453752591014598
374655375398501051218573645382950595781
615143764054037555829584736521758394519
450483950153485957362835050276563835950
195836455463738585958222222463657581910

Streiche alle Zweien durch. Dann erscheint eine Zahl.

MITHILFE DES ARMREIFS HABE ICH JAKOBS VORPLATZ ERREICHT!

Ich befinde mich auf Jakobs Vorplatz.

Als ich durch die Tür hindurchgehe, sehe ich nur Dunkelheit. Ich weiß schon: Dunkelheit kann man nicht sehen, aber anders kann ich es nicht beschreiben. Ich hole tief Luft und dringe in die Schwärze ein.

„Jakob?"

Er muss hier irgendwo sein. Schwan hat mir gesagt, dass er auf dem Vorplatz auf mich warten wird. Aber ich sehe nichts.

„Jakob?"
„Lia, duck dich!"

Plötzlich kommt ein Feuerball mit großer Geschwindigkeit auf mein Gesicht zu.

Ich ducke mich und der Feuerball rast wenige Zentimeter an meinem Kopf vorbei, bis er gegen etwas stößt. Ich höre einen entsetzten Schrei hinter mir, dann ist es still.

„Jakob?"

Mit dem schwachen Licht meiner Uhr versuche ich, mir ein wenig zu leuchten, aber das hat nicht viel Sinn. Mir zittern die Beine. Eine Hand greift nach mir und deckt das Licht ab. Ich schreie.

„Pssssst!!!"

Es ist Jakob. Er zieht mich leise mit sich in die Dunkelheit. Wir gehen weiter. Hinter uns höre ich die Schritte mehrerer Personen.

Wir rennen. Hinter uns höre ich die anderen ebenfalls rennen. Das Schlimmste ist, nichts zu sehen. Ich drücke fest Jakobs Hand und wir laufen schneller. Wir erreichen seine Tür. Er öffnet sie keuchend und schlägt sie sofort zu, nachdem wir hineingegangen sind. Und jetzt atme ich erleichtert auf.

„Wer war das, Jakob?"

„Jetzt wissen wir sicher, dass sie dich entdeckt haben, Lia. Wir hatten gehofft, ein bisschen mehr Zeit zu haben. Aber sie haben dich entdeckt."

Ich bin perplex. Die Angst lähmt mich. Mein Bauch tut weh.

Und ich habe Tränen in den Augen. Wenn ich mich nicht zusammenreiße, fange ich bestimmt gleich an zu weinen.

„Sie haben versucht, uns mit einem Feuerball zu töten, oder?"

„Nein, Lia, das war ich. Ich habe den Feuerball geworfen, um dir Zeit zum Entkommen zu verschaffen. Aber mach dir keine Sorgen: Dadurch wird niemand getötet."

Er ist kurz davor, mich zu umarmen, das weiß ich, das spüre ich – und weiche zurück.

VERTRAUEN

Immer, wenn ich im Bus sitze, denke ich nach. Ich schaue aus dem Fenster und lasse meinen Gedanken freien Lauf.

Als dieses ganze Abenteuer begann, fühlte ich mich ziemlich allein. Ich war mir sicher, dass ich das Geheimnis meines Talents niemals jemandem würde erzählen können. Und ich dachte, dass ich die Einzige mit diesem Talent sei. Und deshalb harmlos. Jetzt weiß ich, dass die Dinge ganz anders liegen. Aber ich bin nicht mehr allein.

Das Ereignis in Jakobs Haus liegt nun zwei Tage zurück. Seitdem, und als sei das die normalste Sache der Welt, gehen wir überall gemeinsam hin. Er sagt, er wolle mich nicht allein lassen, es sei zu gefährlich, und zusammen könnten wir uns besser schützen. Und mir scheint das gut zu sein. Es kommt mir so vor, als seien Jahrhunderte vergangen, seit ich die Bruderschaft in der Fabrik zum ersten Mal gesehen habe.

Lily sitzt neben mir im Bus und schaut mich an.

Jakob und ich teilen etwas, das ich mit niemand anderem teilen kann. Gestern habe ich mich wieder in sein Gedankenhaus begeben. Er lässt mich alleine darin herumspazieren, obwohl er weiß, dass ich darin tun könnte, was ich will. Das bedeutet, dass er mir zutiefst vertraut. Das habe ich so noch nie erlebt. Also, ich meine, niemand hat mir bislang so vertraut wie er. Okay, ja, mein Onkel liebt mich sehr, und sicher bin ich die Person auf der Welt, die er am meisten liebt. Aber das heißt nicht, dass er mir absolut vertraut.

Jakob hingegen hat mir zu hundert Prozent vertraut.

Ich habe ihn gefragt, woher er wusste, dass ich eine Türöffnerin bin. Er hat mir geantwortet, er sei nicht derjenige gewesen, der es bemerkt hätte.

Außerdem habe ich ihn gefragt, wer sich hinter den anderen Masken verbirgt – Schwan, Falke, Eichhörnchen und Schlange. Doch er sagt, dass er mir das nicht beantworten könne, da sie es mir selbst zeigen müssten, wenn sie denn wollten.

Lily versucht, meine Aufmerksamkeit zu gewinnen, doch ich schaue weiter aus dem Fenster.

Schließlich habe ich ihn gefragt, ob es zuvor ein sechstes Mitglied in der Bruderschaft gegeben habe. Da hat er zu Boden geschaut und genickt. Ich habe wissen wollen, wer das war. Jakob hat den Blick gehoben, mich angesehen und gesagt, dass Schwan es mir mitteilen werde, wann sie es für richtig halte. Schwan ist für sie so etwas wie die Anführerin.

Jakob ist beunruhigt. Das merke ich. Er lacht und tut so, als sei alles in Ordnung, aber ich weiß, dass er beunruhigt ist.

Ich hatte Angst, er könnte neulich jemanden getötet haben, um mich zu verteidigen. Doch er meint, er habe sie nur in die Flucht geschlagen, und bisher sei es nicht nötig gewesen, jemanden umzubringen. Das beruhigt mich.

Nach Jakobs Aussage gehörten die Leute neulich zu einer Gruppe, die sich „Quanten" nennen und die Freiheit zu haben glauben, Träume stehlen und Erinnerungen verändern zu können, wenn das Ziel es erforderlich mache. Die Mitglieder der Bruderschaft und andere Türöffner, erklärt er, seien der Ansicht, es gäbe kein Ziel, mit dem man eine solche Einmischung in die Privatsphäre eines anderen Menschen rechtfertigen könne. Die Quanten meinen, ihre Ziele seien selbstlos, für eine bessere Welt, doch Jakob glaubt das nicht: Manche verändern die Erinnerungen zu ihrem eigenen Vorteil.

Der Bus hält an.

„Tschüss, Lia. Sag mal, gehst du mit Jakob?"

Lily ist unermüdlich. Bevor sie aussteigt, unternimmt sie einen letzten Versuch, etwas zu erfahren. Sie fragt mich das ungefähr dreißig Mal am Tag. Wie anstrengend! Na ja, aber besser, als wenn sie andere Fragen stellen würde.

„Was? Ach Quatsch. Warum fragst du das?"
„Wegen der Ohrringe. Die hattest du vorher nicht."

Das stimmt. Fast hätte ich vergessen, dass Jakob mir Ohrringe geschenkt hat. Er sagt, sie seien alt und etwas Besonderes und dass ich sie brauchen werde, um Botschaften zu entschlüsseln.

Ich komme nach Hause.

Heute gibt's Spaghetti. Lecker! Aber irgendwann einmal werde ich meinem Onkel einen Fernkurs im Kochen schenken, vielleicht bringt das ja was.

Ich beeile mich mit dem Abendessen.

Ich habe Lust, in mein Zimmer zu gehen. Hoffentlich findet morgen die nächste Prüfung statt. Es gibt so viele Dinge, die ich fragen will, und so viele Dinge, die ich lernen möchte! Und wenn Schwan die Einzige ist, die sie mir erklären kann, möchte ich sie so schnell wie möglich sehen.

Wie die Dinge liegen, haben sie Bedenken, mir zu sagen, wer sich hinter den Masken versteckt – das verstehe ich. Doch es stört mich ein bisschen, dass ich nicht weiß, mit wem ich spreche. Es wäre schön, wenn alle dasselbe Vertrauen in mich hätten wie Jakob.

Die Nächte werden mir sehr lang. Einerseits weil mein Onkel immer Lust zu haben scheint, mit mir zu reden. Neulich hat er mich gefragt, ob etwas nicht in Ordnung sei. Aber nicht nach dem Motto „Ich-werde-mich-um-deine-Angelegenheiten-kümmern-weil-das-jetzt-dran-ist", sondern eher mit dem Hintergrund „Ich-weiß-dass-etwas-Ernstes-vor-sich-geht-und-dass-du-es-mir-nicht-sagen-kannst". Sowas fällt mir immer auf.

Ich liege schon im Bett und hoffe, dass ich bald einschlafe.

Es klappt nicht. Ich schaue auf mein Handy: Vielleicht habe ich ja Nachrichten bekommen. Ein Viertel meiner Nachrichten stammt von Lily, die nicht aufhört mich zu fragen, ob Jakob mein Freund ist. Aber was soll ich ihr denn sagen? Dass wir beide zu einer geheimen Bruderschaft gehören, die sich mit Herrschaften streitet, die im Kopf anderer Menschen Geheimnisse stehlen? Letztendlich werde ich ihr vielleicht sagen, dass wir ein Paar sind, damit sie Ruhe gibt.

Nein, ich kann Lily nicht sagen, dass Jakob mein Freund ist, und zwar aus zwei Gründen:

Erstens: Ich würde vor Scham sterben.
Zweitens: Weil es nicht stimmt. Jakob und ich sind kein Paar. Er ist derjenige, mit dem ich diese Momente teile, die ich mit sonst niemandem teilen kann. So, als wäre er mein siamesischer Zwilling unter den Türöffnern.

Da kommt eine neue Nachricht.

Sie ist von Jakob. Lily würden sterben, wenn sie wüsste, dass Jakob mir jeden Tag eine Nachricht schickt, um mir eine gute Nacht zu wünschen.

Ich schließe die Augen.

Riiing.

Der Wecker klingelt.

Habe ich geschlafen? Wann bin ich eingeschlafen?

Ich beginne zu zeichnen. Hoppla! Was ist das? Heute habe ich eine Botschaft erhalten. Sei bereit, Schwan, denn wenn wir uns treffen, musst du mir alles erzählen.

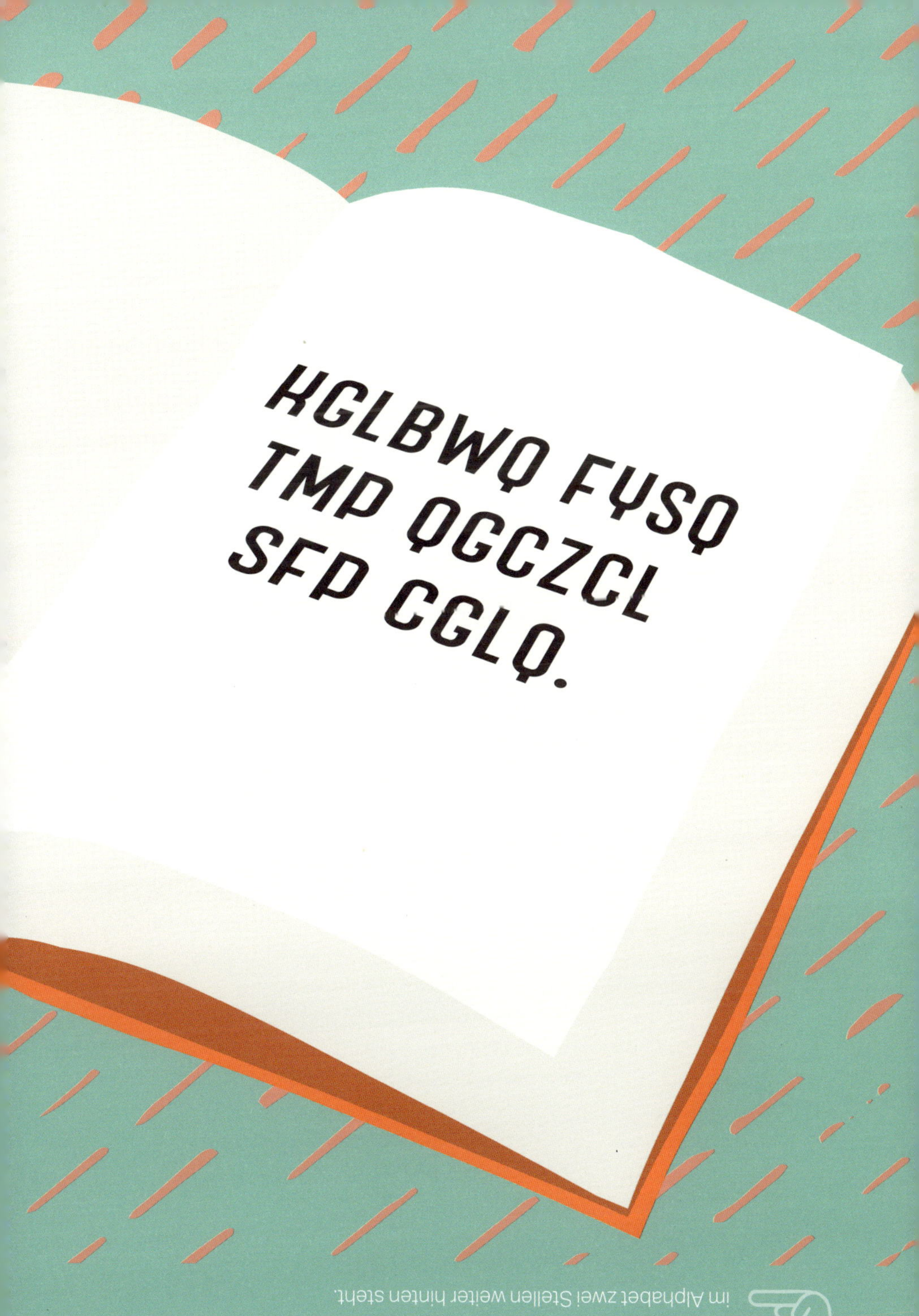

Ersetze mithilfe der Ohrringe jeden Buchstaben durch den, der im Alphabet zwei Stellen weiter hinten steht.

PUH, ES IST MIR GELUNGEN, AUS BETTYS KOPF ZU ENTKOMMEN!

Einige Tage lang war ich ziemlich still. Das ist ungewöhnlich für mich.

Heute ist es zwei Tage her, dass ich aus Bettys Kopf hinausgefunden habe. Noch immer staune ich über alles, was passiert ist. Vermutlich war ich der Gefahr noch nie so nahe. Ich weiß nicht, was geschehen wäre, wenn ich nicht geschrien hätte. Durch meinen Schrei sind die Spiegel zersprungen. Und als ich schrie, war es aus vollem Herzen: Noch nie habe ich auf diese Weise geschrien, von ganz tief innen. Jetzt erschreckt es mich ein wenig, diese Kraft entdeckt zu haben. Ich weiß, dass ich mich verändert habe. Natürlich weiß ich, dass es seltsam ist zu behaupten, man habe sich innerhalb von zwei Tagen verändert. Doch ich fühle, dass es so ist.

Schwan hat mir gesagt, ich sei stark. Dass ich mein Talent bisher im Alleingang genutzt habe. Das beschämt und überrascht mich, in dieser Reihenfolge.

Ich muss lernen, lernen, lernen!

Es gibt vieles, das ich nicht weiß. Und jetzt, da ich weiß, dass ich viele Dinge nicht weiß, kann ich nicht leben, ohne sie zu wissen. Ja, das wirkt wie ein Zungenbrecher, doch so ist es nicht. Zuerst würde ich gerne lernen, meine Kraft zu kontrollieren. Ich habe alles zerstört, und ich glaube, dass das eine Art Schaden in Bettys Kopf angerichtet hat. Aber ich möchte niemandem Schaden zufügen.

Als ich aus ihrem Kopf herauskam, weinte Betty. Sie hatte gewaltige Ringe um die Augen und Kopfschmerzen. Wenn da nicht dieser Parfümgeruch gewesen wäre, hätte ich sie auf der Stelle umarmt. Natürlich haben wir die Arbeit für Geschichte nicht gemacht. Sie sagte mir, dass sie sich nicht wohlfühle, und nach Hause gehen wolle. Bevor sie ging, schaute sie mich an, als wolle sie mir etwas sagen, doch sie tat es nicht. Oder zumindest kam es mir so vor – ich habe es dir ja schon gesagt: Wenn ich das Gedankenhaus eines Menschen betrete, fühle ich mich dieser Person sehr nahe, selbst wenn ich sie eigentlich nicht mag.

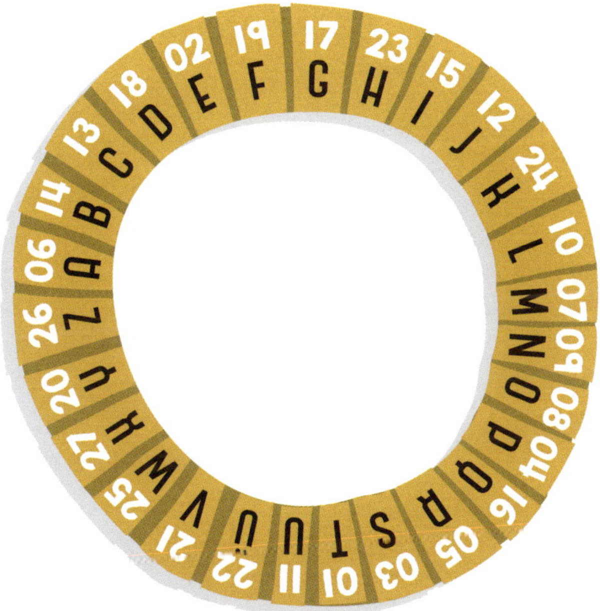

Gerade als sie die Bibliothek verließ, bückte sie sich und hob einen Ring vom Boden auf. „Ich glaube, das ist deiner.“, sagte sie. Sie gab ihn mir und verschwand.

Ich sammle die Bücher ein und stecke sie in die Schultasche.

Gestern habe ich Betty getroffen und wir haben die noch ausstehende Arbeit erledigt. Ich bin sicher, dass sie sich an nichts erinnert, denn sie ist noch immer dieselbe Nervensäge und Erbsenzählerin wie vorher. Ich kann keine Veränderung an ihr feststellen. Und das freut mich beinahe.

Ich hoffe, dass die Bruderschaft nicht lange zögert, sich mit mir in Verbindung zu setzen. Nun weiß ich ja, dass ich nicht verrückt bin, dass alles, was mir passiert, real ist, dass ich stark und bereit bin – wofür auch immer, aber bereit. Also gehe ich jede Nacht mit der Hoffnung schlafen, dass sie Kontakt zu mir aufnehmen, und am Morgen zeichne ich dann.

Ganz sicher ist der Ring nicht zufällig auf dem Boden der Bibliothek aufgetaucht. Ich glaube das, weil er dem Medaillon sehr ähnelt, das die Bruderschaft mir gegeben hat.

Wieder im Bus und auf der Fahrt nach Hause.

„Wo warst du gestern in der Pause? Du siehst müde aus. Hast du einen Freund? Erzähl mir dein Geheimnis. Macht dir irgendetwas Sorgen?"

Es ist Lily. Oft höre ich gar nicht zu. Manchmal mache ich einfach nur eine Geste, als wisse ich, wovon sie spricht, und das war's. Wüsste sie das, wäre sie nicht sauer. Denn ich würde ihr sagen, dass ich sehr beschäftigt bin, und sie hätte Verständnis. Lily ist sehr nett. Es ist toll, dass sie meine beste Freundin ist, auch wenn sie so viel redet.

Wie sollte ich ihr die Wahrheit sagen? Das geht nicht.

Lily erzählt mir, dass sie sich gestern mit ihrer Schwester gestritten hat. Ich habe nicht verstanden, warum.

Ich muss nachdenken und liste auf, was ich über meine Fähigkeit erfahren habe:

Punkt 1: Höchstens sechzig Minuten in einem Gedankenhaus bleiben.
Punkt 2: Die Zeit ist relativ – ich kann mich nur auf meine Armbanduhr verlassen.
Punkt 3: Durch die Ausgangstür hinausgehen – dann gibt's keine Kopfschmerzen.
Punkt 4: Die Dinge sind nicht immer, wie sie scheinen.
Punkt 5: Ich muss auf meine Kraft vertrauen.
Punkt 6: Ich muss vorsichtig sein, da ich jemandem schaden kann, ohne es zu wollen.

Der Bus hält an der nächsten Haltestelle und Jakob steigt aus.

Aufregend! Ich beobachte ihn beiläufig. Er ist fast ein Jahr älter als ich, obwohl wir in dieselbe Klasse gehen. Er hat im Januar Geburtstag, ich im November. Ich habe das Gefühl, dass er mich anschaut, während er an mir vorbeigeht, und das macht mich ganz nervös. Er gefällt mir ein bisschen, aber nur ein bisschen. Ich glaube, Marie mag ihn auch. Wenn er entscheiden müsste, würde er sicher mit ihr gehen. Da mache ich mir keine falschen Hoffnungen.

Der Bus fährt wieder los. Durch das Fenster schaue ich Jakob an.

Ich bin sicher, dass einige Mitglieder der Bruderschaft in diesem Bus sitzen. Das kann gar nicht anders sein. Nein, ich leide nicht unter Verfolgungswahn – oder vielleicht auch doch. Aus statistischer Sicht muss es so sein. Ich weiß nicht, wie man solche statistischen Dinge beweist, aber es ist so.

Der Bus erreicht meine Haltestelle. Ich steige aus und gehe nach Hause.

Heute werde ich früh ins Bett gehen. Wieder einmal. Ich weiß nicht, wie die Bruderschaft das mit den Botschaften im Traum macht. Aber ich gebe mir Mühe, ganz früh schlafen zu gehen. Mein Onkel wird schon misstrauisch und hat mich gefragt, ob ich mit ihm über irgendetwas reden möchte.

„Auch wenn es Mädchendinge sind."

Mein Onkel ist super. Wenn ich könnte, würde ich ihm alles erzählen, damit er sich keine Sorgen macht. Sicher macht er sich Gedanken, dass er vielleicht kein guter Vater für mich sein könnte und so. Aber ich kann es ihm nicht erzählen. Du weißt ja, dass das nicht geht.

Ich komme zuhause an. Mein Onkel bereitet das Abendessen vor. ... Igitt!

Nein, Bohnen mit Kartoffeln mag ich nicht – vor allem, weil mein Onkel sie fast jeden Tag zum Abendessen macht.

„Man muss Gemüse essen."

Es ist immer dasselbe. Als gäbe es kein anderes Gemüse auf der Welt. Wenn er keine Bohnen kocht, gibt es Spaghetti – das mag ich. Kochen ist nicht so sein Ding. Aber ich diskutiere nicht darüber, sondern gehe in mein Zimmer, Musik hören. Normalerweise helfe ich ihm, aber heute gehen mir so viele Sachen durch den Kopf.

Einige Lieder später ruft er mich zum Essen.

Ich esse superschnell, spüle die Teller ab und gehe dann bald „schlafen".

Rasch in mein Zimmer.

Ich habe meinem Onkel erzählt, dass ich Prüfungen habe, und deshalb wundert er sich nicht, wenn ich schon vor neun in mein Zimmer gehe. Das ist ja auch nicht gelogen: Was da gerade geschieht, die Aufgaben der Bruderschaft und all das Durcheinander – das ist wie eine Prüfung. Anders als in der Schule, aber trotzdem eine Prüfung.

Das Schlimmste ist: Auch wenn ich früh in mein Zimmer verschwinde, fällt es mir schwer, einzuschlafen. Das sind die Nerven. Je schneller die Zeit vergehen soll, desto langsamer läuft sie. Es ist immer dasselbe. Du weißt sicher, wovon ich spreche.

Ich wälze mich im Bett hin und her.

Ich kann einfach nicht schlafen. Tausend Bilder sind in meinem Kopf. Ich greife mir das Handy, um ein wenig Unterhaltung zu haben. Ich habe nicht viele Freunde und deshalb sind auch nur wenige Nachrichten zu beantworten. Aber das tue ich nun, und ich schicke auch ein paar. Ich muss mich ablenken.

Und dann schlafe ich doch ein.

Riiing.

Der Wecker klingelt.

Was für eine Nacht. Es fühlt sich an, als hätte ich gar nicht geschlafen, aber ich stehe trotzdem auf. Ich will unbedingt wissen, ob die Bruderschaft mir heute Nacht eine Botschaft geschickt hat, und deshalb ist es mir egal, dass ich nur sechs Stunden geschlafen habe.

Ich schnappe mir Papier und Stifte und beginne zu malen.

Aaah, da ist sie ja: eine neue Nachricht der Bruderschaft. Endlich! Doch was ist das? Zahlen? Wo habe ich Zahlen gesehen? Ja, klar! Auf dem Ring, den mir Betty in der Bibliothek gegeben hat!

Wie gut, dass ich ihn aufgehoben habe.

25 15 05

02 05 25 06 05 01 02 09

18 15 13 23

06 09

12 06 24 08 14 03

01 22 05,

18 05 02 15 03 03 15 17

07 15 09 11 01 02 09

21 08 05

03 08 09 09 02 09 11 09 01

02 05 17 06 09 17.

Ersetze die Zahlen mithilfe des Rings durch die entsprechenden Buchstaben.

MIR IST ES GELUNGEN, MINDYS HAUS ZU VERLASSEN!

Auf der Schultoilette betrachte ich meine Ohrringe im Spiegel.

Heute habe ich schlecht geschlafen. In der Nacht ist jemand in meinen Kopf eingedrungen. Jemand, der nicht zur Bruderschaft gehört, meine ich. Woher ich das weiß? Ich weiß es einfach! Als ich aufgewacht bin, war ich schweißgebadet und hatte die Hände zu Fäusten geballt. Mein Onkel sagte, ich hätte im Schlaf geschrien und ich bin sehr wütend. Das ist viel auf einmal. Außerdem bin ich müde.

Als ich heute Morgen zu malen begann, kam nur seltsames Zeug dabei heraus. Kaputte Schlösser, zerbrochenes Glas und immer Wörter rund um verschiedene Gefahren. Offene Fenster, Skalpelle und Mullbinden überall. Ich weiß nicht, was passiert ist, ich kann mich an nichts erinnern, was vorgefallen sein könnte.

Ich sehe übel aus, aber da kann man halt nichts machen.

Zuerst habe ich Jakob angerufen. Er sagte mir, dass das vorhersehbar war, dass die Quanten mich aufgespürt haben und Kontakt zu mir aufnehmen möchten. Jakob meint, dass sie lediglich verhindern wollen, dass ich in die Bruderschaft eintrete und mich deshalb erschrecken. Doch er werde für alle Fälle mal die anderen fragen, ob sie letzte Nacht auch in ihre Gedankenhäuser eingedrungen sind.

Eine Minute später schickte er mir eine Nachricht, um mir mitzuteilen, dass es allen gut gehe, dass niemand etwas bemerkt habe und dass es in keinem der Gedankenhäuser Schäden gebe. „Du hast es geschafft, Lia, du hast sie im Zaum gehalten", schreibt er. Außerdem schickt er ein zwinkerndes Emoji und ein Emoji mit erhobenem Daumen.

Ich bin verwirrt. Vor wenigen Tagen habe ich die Gedankenhäuser der anderen betreten, nur so. Und jetzt finden in meinem eigenen Kopf wahre Schlachten statt, ohne dass ich davon etwas mitbekomme. Das ist Wahnsinn! Ich weiß nicht, ob ich lachen oder weinen soll.

Piep. WhatsApp macht sich bemerkbar. Das wird Jakob sein. Ich habe mich mit ihm verabredet.

Ja, es ist Jakob, aber er sagt, dass er nicht kommen wird. Stattdessen will er mir jemanden schicken, der mir besser helfen kann als er: Schlange!!!

Schlange??? Wie wird sie mir helfen, wenn sie mich nicht ertragen kann?

„Sie wird sich um meinen Hals schlängeln und mich ersticken – du wirst sehen", antworte ich ihm. Bevor ich Mindys Gedankenhaus betrat, zog ich die Schlussfolgerung, dass es sich bei Schlange um Betty handeln müsste, doch ich weiß es nicht sicher. Ich habe Jakob gefragt, aber er wollte es mir nicht sagen.

Ich schicke ihm meinen Protest per WhatsApp. Mit Schlange will ich nicht alleine bleiben.

„Lia, die Dinge sind manchmal nicht so, wie sie zu sein scheinen. Und wenn dir in diesem Augenblick jemand helfen kann, dann sie."

„Aber wer ist Schlange, Jakob? Woher soll ich wissen, dass ‚sie' es ist?" Das ist ein seltsamer Tag. Er hat seltsam angefangen und ich habe das Gefühl, dass er auch seltsam enden wird. In der Schule konnte ich mich nicht konzentrieren, und ich habe den Eindruck, dass jeder mich komisch anschaut. Ab und zu haben wir alle mal einen schlechten Tag, oder? Aber es passiert nichts.

Es ist nicht alles schlecht, Lia.

Seit Mindy mir gezeigt hat, wie man Dinge macht, habe ich es immer wieder ausprobiert. Es gelingt mir gut. Oft begebe ich mich in Jakobs Gedankenhaus und übe. Ich habe ein paar Sachen für mein „Kostüm" gemacht: Haken, eine Nachtsichtbrille und weitere Dinge wie jene, die Batman bei sich hat. Ja, ich weiß: Ich bin ein bisschen ausgeflippt. Doch ich habe von meinem Onkel gelernt, er ist handwerklich sehr geschickt, dass jedes Ding, so banal es auch zu sein scheint, einem eines Tages aus der Klemme helfen kann.

„Lia, passt es dir, wenn wir uns jetzt unterhalten?"

Oh je! Das unverwechselbare Parfum der perfekten Betty. Ist sie Schlange? Möglicherweise nicht – ich werde es ausprobieren.

„Jetzt kann ich nicht, Betty. Besser, wir verschieben das auf ein andermal. Ich glaube nicht, dass das, was du mir sagen willst, so dringend ist, oder?"

Ja, ich weiß, du hast Recht: Manchmal bin ich ein bisschen unhöflich.

„Du irrst dich, Lia. Was ich dir sagen muss, ist dringend. Der Fortbestand der Bruderschaft des Schlüssels ist heute Nacht gefährdet worden, weil dein Gedankenhaus nicht geschützt ist. Und da kann ich dir am besten helfen. Also lass den Quatsch, meine Liebe. Wenn es dir hilft: Ich hab auch keine Lust, hier mit dir zusammen zu sein. Aber je früher wir anfangen, desto schneller sind wir fertig."

Okay: Betty ist also wirklich Schlange. Und wie sie gesprochen hat, fängt sie an, mir zu gefallen.

„Warum bist du so sauer auf mich, Betty?"

Die Biolehrerin biegt mit einer Gruppe Schülern um die Ecke des Speisesaal-Gebäudes. Sie hat uns gesehen. Die Klasse macht praktische Naturbeobachtungen und wir werden aufgefordert, uns der Gruppe anzuschließen. Nun ja, wenn Frau Klaassen eine solche Einladung ausspricht, kann man sich ihr eigentlich nicht widersetzen. So ist das eben manchmal in meiner Schule.

„Komm heute Nacht zum Treffen, dann werde ich dir alles erklären", flüstert Betty mir zu und drückt mir einen Zettel und einen äußerst merkwürdigen Kompass in die Hand.

Ich muss Bettys Botschaft so schnell wie möglich entziffern, wenn ich heute Nacht zu diesem Treffen gehen will.

Ersetze die Buchstaben durch die Entsprechungen, die der Kompass vorgibt.

SCHON IST MEIN HAUS GESCHÜTZT, UND ICH WERDE ES JEDEN TAG BESUCHEN!

Ich befinde mich in meinem Gedankenhaus.

Seit ich gelernt habe, wie ich mein Gedankenhaus betreten kann, begebe ich mich bei jeder Gelegenheit dorthin. Das ist mein Reich, und ich kann so lange dableiben, wie ich will, da die 60-Minuten-Regel hier nicht gilt. Das hat Jakob mir gesagt. Aber ich muss trotzdem aufpassen, dass ich nicht zu lange aus der realen Welt verschwinde. Vermutlich gefällt es mir, allein zu sein. Doch vor ein paar Tagen kam ich erst um 20:30 Uhr nach Hause, und da war mein Onkel kurz davor, die Polizei zu rufen.

Neulich habe ich die Mitglieder der Bruderschaft in mein Haus eingeladen. Schwan gratulierte mir zur Einrichtung. Ich habe ein Regal mit Büchern angefertigt, die ich besonders gern mag, meine Lieblingstasse kopiert, ein supersüßes Sofa mit Blumenmuster und eine Musikanlage aufgestellt, um meine Lieblingslieder so laut zu hören, wie ich will.

Jetzt bin ich allein in meinem Haus.

Manchmal habe ich das Gefühl, als würden mich tausend Augen beobachten, und das gefällt mir nicht. Dann bin ich wachsam und erfinde ein weiteres Labyrinth, um meine Türen zu sichern. Ich mag Labyrinthe.

Ich fände es klasse, auch Lily hierher einzuladen, aber ich weiß, dass das nicht möglich ist. Ab und zu fühlt es sich ein bisschen wie Verrat an. Obwohl ich sie selten sehe, behandelt sie mich weiterhin mit demselben Vertrauen wie in der Zeit, als wir uns öfter gesehen haben.

Ich warte auf jemanden.

Ja, ich habe mich heute mit Jakob hier verabredet. Alleine. Er hat gesagt, dass er mir etwas sehr Wichtiges sagen müsse. Nein, ich habe nichts Besonderes angezogen und mich auch nicht anders frisiert oder geschminkt – nichts dergleichen, was man tut, um anderen besser zu gefallen. Ich bin ich, und sie müssen mich so lieben, wie ich bin.

Er ist schon da: Ich merke, wie jemand versucht, meine Tür zu öffnen. Inzwischen bin ich in der Lage, solche Dinge mitzubekommen.

„Schwan?"

Jakob kommt nicht allein.

„Was ist passiert?"

„Entschuldige unseren Auftritt, aber es ist ein Notfall. Ich weiß schon: Ich habe dir gesagt, dass ich alleine kommen würde, doch die Dinge haben sich überschlagen und deshalb müssen wir unsere Pläne ändern", sagt Jakob mir, ohne mich auch nur zu begrüßen.

„Pläne? Welche Pläne?"

Sie fordern mich auf, mich zu setzen und ihnen aufmerksam zuzuhören. Als sei es möglich, ihnen anders zuzuhören! Bei dem Gesicht, dass sie machen …

„Liebe Lia, wir wissen nun seit einem Monat, dass du eine Türöffnerin bist. Ich war es, die dich entdeckt hat."

Es ist Schwan, die spricht – natürlich.

„Mir …, na ja, uns gefiel die Vorstellung, dich sofort in die Bruderschaft des Schlüssels aufzunehmen. Doch wir waren bereits zu sechst und es konnte keine weitere Person eintreten. Den ganzen Monat über hatte ich Angst, dass eine andere Türöffner-Gruppe vor uns Kontakt zu dir aufnehmen könnte und du dich ihr anschließen würdest. Leider haben wir einen von uns verloren. Ja, Lia, du hast es erraten, als du neulich mit Schlange zusammen warst. Andrew, unser lieber, sanfter Andrew. Er war unser Anführer."

Das geht mir an die Nieren und meine Bauchschmerzen werden heftig, sodass ich aufstehe und mich aufs Sofa lege. Jakob hebt eine Augenbraue. Diese verdammten Nerven.

„Du hast bewiesen, dass du in der Lage bist, ein großes Geheimnis zu bewahren. Du hast nie eine der Kisten mit unseren Geheimnissen geöffnet, obwohl sie sichtbar herumstanden. Und über das, was in den letzten Wochen geschehen ist, hast du zu niemandem ein Wort gesagt, nicht einmal deiner besten Freundin, die immer wieder nachgebohrt hat. Und das ist schwer, Lia. Pssst!!! Sag' nichts, ich weiß, dass du sie sehr magst. Außerdem hast du uns gezeigt, dass du mutig bist. Nicht einmal, als jemand versucht hat, in dein Haus einzudringen, hast du einen Rückzieher gemacht. Du hast dir unseren Respekt und unser Vertrauen verdient, Lia."

Jakob lächelt stolz.

„Was ist mit Andrew passiert? Warum ist er verschwunden?"

Schwan erzählt es mir: „Andrew hat das Gedankenhaus einer wichtigen Person betreten und fand dort sehr wertvolle Informationen. Während er dort war, wurde es kompliziert. Es gab einen sehr grausamen Kampf. Andrew war alleine, wir anderen wussten von nichts und konnten ihm nicht helfen. Der Mensch, in dessen Kopf Andrew eingedrungen war, starb in der Wirklichkeit und Andrew konnte nur knapp entkommen. Allerdings haben wir keine Hoffnung mehr, dass der Zustand, in dem er sich jetzt befindet, sich noch bessern könnte. Aber alle Erinnerungen und Geheimnisse der Person, die gestorben ist, welche auch immer das sein mögen, befinden sich jetzt in Andrews Gedankenhaus. Er kann sich nicht verteidigen und wir können nicht hinein, wenn wir nicht komplett sind. Verstehst du, was das bedeutet, Lia?"

Ich verstehe es, natürlich verstehe ich es. Ich verstehe, dass das kein Spiel ist, ich verstehe, dass Menschen sterben, ich verstehe, dass Andrew in Gefahr ist, und ich verstehe, dass sie mich um etwas bitten werden, das mein Leben für immer verändern wird.

„Deine Vorbereitung ist noch nicht abgeschlossen, doch die Ereignisse haben sich überschlagen. Die Quanten wollen haben, was auch immer Andrew mitgenommen hat. Und wir haben herausgefunden, dass sie morgen Nacht versuchen werden, es zu bekommen. Das dürfen wir nicht zulassen.

Ich beobachte die beiden, zuerst Schwan, dann Jakob.

Ja, sie werden mich wohl bitten, die Abschlussprüfungen in Angriff zu nehmen, obwohl ich nicht darauf vorbereitet bin. Oder?

Ausnahmsweise schweige ich und denke nach.

Schwan fährt fort: „Lia, wir sind gekommen, um dich zu bitten, heute Nacht die sechs Abschlussprüfungen zu machen, durch die du zu einem Mitglied der Bruderschaft des Schlüssels werden wirst. Du bist sehr stark, Lia: Du bist die mächtigste Türöffnerin, die ich jemals kennengelernt habe. Und auch wenn wir dich gerne länger vorbereitet hätten, bin ich zuversichtlich, dass du bestehen wirst."
„..."
„Können wir auf dich zählen, Lia?"

Mein Kopf arbeitet auf Hochtouren, um alles zu verarbeiten, was Schwan mir gerade erzählt hat. Jakob beobachtet mich aufmerksam. Es macht den Anschein, als würden beide den Atem anhalten, während sie auf meine Antwort warten.

„Lass uns gehen, Schwan. Wir dürfen Lia nicht in Gefahr bringen. Das ist eine schlechte Idee."

Das war Jakob. In seiner Stimme lag ein Flehen, Angst und Sorge um mich. Und da gab es noch etwas, was ich mich nicht zu sagen traue.

Mein Kopf arbeitet weiter, jetzt noch schneller.

Die Gefahr ist offensichtlich, aber Gefahren lauern ja an jeder Ecke. Ich muss mich engagieren und zum ersten Mal in meinem Leben ist mir klar, warum ich geboren worden bin. Ich bin geboren worden, um hier zu sein und um jetzt die wichtigste Entscheidung meines Lebens zu treffen.

„Ihr könnt nur auf mich zählen, wenn ihr mir vertraut. Wer bist du, Schwan?"

Schwan geht auf mich zu, blickt mir tief in die Augen – und ich bin sprachlos.

OHNE MASKE

Ich bin in meinem Zimmer und denke über das nach, was geschehen ist, nachdem ich entdeckt habe, wer Schwan ist.

Lily, meine liebe Lily ist Schwan. Wir haben uns ganz fest umarmt und sie hat sich bei mir dafür entschuldigt, dass sie so anstrengend war, aber sie musste sich vergewissern, dass ich wirklich geeignet bin, der Bruderschaft des Schlüssels anzugehören.

Die Abschlussprüfungen, die ich bestehen muss, sind geheim. Es werden sechs Prüfungen sein, eine für jedes Mitglied, mich eingeschlossen.

„Es wird nicht leicht sein, aber du wirst es schaffen, Lia. Du wirst es schaffen – wir vertrauen dir", hat Lily gesagt.
„Und wenn ich nicht bestehe?"
„Dann wirst du nicht wieder herauskommen."

Diesmal ist es Jakob gewesen, der mir geantwortet hat. Er ballte die Hände zu Fäusten und sah mir tief in die Augen, als wolle er mich mit seinem Blick durchbohren.

Wird mir dasselbe passieren wie Andrew? Muss ich Angst haben?

Dann haben sie mich allein gelassen. Lily hat meine Hände genommen und mir eine Brosche sowie eine Botschaft gegeben, die ich erst entschlüsseln kann, wenn die Sonne untergeht. Meine liebe Lily! Die Botschaft enthält die Informationen darüber, wann und wo die „Alles oder nichts"-Zeremonie stattfinden wird. Das habe ich nicht erfunden, sie haben es so bezeichnet.

Ich laufe in meinem Zimmer auf und ab und bin wirklich ziemlich nervös.

Ich warte auf die Prüfungen. Wenn ich bestehe, werden wir morgen zu sechst sein, Macht haben und gemeinsam Andrews Haus verteidigen. Niemand kann die Bruderschaft des Schlüssels besiegen, wenn wir vereint sind.

Es ist plötzlich, als hätte ich meinen Platz in der Welt gefunden. Ich habe das Gefühl, als könnte ich jetzt schon nicht mehr ohne Lily leben, ohne Mindy, ohne Ben … und ohne Jakob. Wenn ich scheitere, werden wir uns nie wiedersehen.

Ich habe Angst – und Bauchschmerzen.

Okay, ja, ich würde auch Betty vermissen. Weniger, aber doch vermissen.

Ich habe ein Fotoalbum in der Hand, das ich noch nie gesehen habe. Mein Onkel hat es mir kommentarlos auf mein Bett gelegt. So ist er.

Ich habe das Handy so eingestellt, dass es piept, wenn der Sonnenuntergang beginnt – um 20:16 Uhr und 35 Sekunden, laut Information aus dem Internet.

Der Alarm geht an. Schon? Ich mache mich ans Werk.

Verwende alle Gegenstände, um die Botschaft zu entschlüsseln.

ES IST MIR GELUNGEN, BETTYS TÜR ZU ÖFFNEN!

Klick. Es war tatsächlich schwieriger.

Normalerweise habe ich keine Probleme damit, Türen zu öffnen. Die Leute verschließen sie in der Regel nicht besonders sicher. Falkes Tür war nicht einfach, und Bettys Tür war noch schwieriger zu öffnen. Immer wenn es den Anschein hatte, ich käme ein Stück weiter, verlor ich den Faden.

Die Dunkelheit verzieht sich. Nun erscheint das Haus.

Es handelt sich um eine Art Betonwürfel, ein ganz modernes Designerhaus inmitten einer Siedlung, wie man sie in amerikanischen Filmen sieht. Es gefällt mir nicht. Es ist kalt. Nun ja, Betty ist ein wenig kleinkariert, aber es überrascht mich trotzdem: Ich hatte eher Vorhänge mit einem rosafarbenen Karomuster erwartet und so etwas. Ein geschmackloseres Aussehen – ich weiß nicht, wie ich das beschreiben soll.

Das Haus ist von außen nun vollständig zu erkennen. Wir sollten hineingehen.

Schwan lächelt mir zu und fordert mich auf, voranzugehen. Schlange blickt ins Leere, als hätte sie Bedenken.
Wir treten ein, und das Erste, was mich überrascht, ist die Atmosphäre. Wie ich Betty kenne, wäre es keine Überraschung gewesen, sie mit Schürze und hochhackigen Schuhen zu sehen, mit einem Lachen im Hintergrund, wie es bei einigen Fernsehserien eingespielt wird. Aber nein: In diesem Haus herrscht eine große Traurigkeit. Ja, *Traurigkeit*, da habe ich mich nicht getäuscht. Und ich frage mich, was mit Betty los ist, dass ihr Gedankenhaus so aussieht. Ich mag sie zwar nicht, aber ich möchte auch nicht, dass ihr etwas Schlimmes passiert – wirklich nicht.

Ich lege meine Hand über die Nase.

Was für ein Gestank! Hier riecht das Alte-Damen-Parfüm, das Betty verwendet, noch viel intensiver. Im wirklichen Leben ist es zwar schrecklich, aber nicht so präsent, doch hier ist es überall. Ekelhaft. Ich könnte mir die Nase zuhalten, bis mir die Luft wegbleibt. Wenn ich ein Taschentuch hätte, würde ich es mir vor Nase und Mund binden.

Im Hintergrund gibt es eine Wand, an der sicher früher Bilder hingen.

Es wirkt, als hätte jemand auf die Schnelle saubergemacht, bevor wir hereinkamen. Auf der Anrichte sehe ich sechs Teetassen mit Untertassen und ein Foto, das Betty zeigt, wie sie einen Geburtstag feiert, vermutlich ihren eigenen. Ich erkenne einige der Kinder auf dem Foto. Einige sind bei uns in der Klasse, andere nicht. Einer von ihnen ist Andrew, der Junge, der im Bett liegt und verrückt geworden ist. Ich wusste gar nicht, dass sie befreundet waren. Er ging in eine andere Klasse, aber das heißt natürlich nichts.

Auf der Anrichte sehe ich eine Kiste.

Diese Kiste sieht aus wie eine alte, bunte Kühltasche. (Rate mal, in welcher Farbe …! Bingo: Kaugummirosa.) Sie ist abgeschlossen. Ich bin mir sicher, dass Betty hier ihre Geheimnisse verwahrt. Auch wenn ich sie mir niemals anschauen würde, muss ich zugeben, dass mich die Geheimnisse anderer Leute immer angezogen haben. Ich lege die Hand auf die Kühltasche, als ob ich Staub wegwischen wollte, und sofort erscheint Schlange an meiner Seite.

„Denkst du auch daran, die Ausgangstür zu suchen, oder müssen wir noch länger auf dich warten?"

Zum ersten Mal höre ich ihre Stimme, und sie schimpft mit mir?! Ich kann sie definitiv nicht leiden.

Ich habe noch fünfzig Minuten, bin also gut in der Zeit. Warum dann diese Eile?

Doch Schlange hat Recht: Ich ersticke in diesem Haus.

Die Traurigkeit, die hier zu spüren ist, wirkt beklemmend – als ob sich jederzeit etwas sehr Fettes auf mich stürzen könnte, sodass ich in mir selbst eingeschlossen wäre. Kurz: Ich fühle mich befangen. Dieses Wort ist mir einfach nur nicht eingefallen.

Plötzlich bemerke ich etwas, das mir vorher nicht aufgefallen ist: In diesem Raum gibt es nur eine einzige Tür, und das ist die, durch die wir hereingekommen sind! Wo soll ich denn das Gedankenhaus wieder verlassen? Ich merke, wie Verzweiflung in mir aufsteigt, und schaue Schwan an.

„Wie ich dir vorhin gesagt habe: Nichts ist, wie es scheint. Bleibe aufmerksam, Lia. Es gibt eine Tür."

Ich konzentriere mich auf die Wand und entdecke einige Striche. Als ich sie aufmerksam betrachte, sehe ich, dass dahinter etwas ist. Bestimmt muss ich beides miteinander kombinieren, um die Lösung zu finden.

NEUNZEHN

Fortsetzung des Rätsels →

Halte das Blatt doch mal gegens Licht …

ICH HABE DIE BOTSCHAFT MITHILFE DER OHRRINGE ENTSCHLÜSSELT!

Während der Mathestunde berühre ich mit den Fingern die Botschaft, die in meiner Hosentasche steckt.

MINDYS HAUS
VOR SIEBEN UHR EINS.

Ihr wollt wissen, wer Mindy ist? Mindy ist eine Überfliegerin, die in meinen Jahrgang geht, obwohl sie erst neun Jahre alt ist. Sie spricht nicht viel, um nicht zu sagen nie, und hat als „Leibwächter" immer ihren großen Bruder dabei. Ich vermute, dass es nicht leicht ist, hochbegabt zu sein. Aber ich weiß es nicht, weil ich ja nicht hochbegabt bin.

Heute soll ich mich in ihren Kopf begeben, und ich weiß nicht, wie ich das anstellen soll. Was am Schlimmsten ist: Wir haben noch nie ein Wort miteinander gewechselt. Ich habe keine Idee.

Nach allem, was ich bis jetzt mit der Bruderschaft erlebt habe, in den Gedankenhäusern von Betty und Jakob, macht es mir zurecht Sorgen, in Mindys Kopf einzudringen ... Ich hab's! In der Pause werde ich mit irgendeiner Ausrede zu ihr gehen. Es ist sehr wahrscheinlich, dass wir danach nicht mehr aufeinandertreffen werden.

Das Problem ist nicht Mindy, das Problem wird ihr Bruder sein. Na ja, warten wir's ab.

Endlich ist Pause.

„Lia!"

Lily folgt mir überallhin. Sie ist sehr hartnäckig, seit ich mehr Zeit mit Jakob verbringe. Sie wird doch wohl nicht eifersüchtig sein? Das wäre absurd. Sie ist meine beste Freundin, doch es gibt kein Gesetz, demzufolge wir in den Pausen zusammen sein müssen. Tatsächlich verbringen wir an vielen Tagen die Pausen getrennt voneinander. Also sehe ich zu, dass ich sie loswerde. Auch wenn das jetzt nicht so klingt, aber ich mag Lily wirklich sehr.

Sie ist ein wenig traurig und geht weg.

Nein! Nein, Lily, nicht mit Betty. Nicht mit Betty! Sie ist mit der Nervensäge weggegangen. Und nach allem, was ich in deren Kopf gesehen habe, gefällt mir das gar nicht. Ich darf nicht vergessen, Lily zu warnen, dass Betty etwas seltsam ist. Bestimmt verbirgt sie irgendein dunkles Geheimnis. Das kann nicht gut sein.

Ich gehe über den Schulhof und halte Ausschau nach Mindy.

Dort ist sie und spielt mit der Erde unter dem Apfelbaum. Ihre Intelligenz ist die einer Erwachsenen, aber sie ist trotzdem ein Mädchen von neun Jahren.

Bingo! Ihr Bruder ist nirgends zu sehen. Genial. Ich glaube, ich sehe sie zum ersten Mal allein. Ohne Begleitung ihres Bruders, meine ich. Ich begrüße Mindy, die mich unbewegt ansieht. Der Ort hier unter dem Apfelbaum ist nicht schlecht, um in ihren Kopf einzudringen. Er ist recht abgelegen. Wichtig ist nur, dass ihr Bruder nicht zu früh auftaucht und uns beide in Trance sieht. Denn dann hätte ich wirklich ein Problem. Als ich ihre Hand nehme, flüstert sie:

„Das ist kein guter Ort, Lia."

Ich bin baff. Das muss ich falsch interpretiert haben.

„Wofür ist das kein guter Ort, Mindy?"
„Um dich in meinen Kopf zu begeben, Lia."

Was? Mindy ist eine von ihnen. Am Ende gehe ich vielleicht sogar auf eine Schule, in der jeder ein Türöffner ist!

Mindy steht auf und geht los.

„Folge mir."

Sie bringt mich zu einem Ort hinter dem Maschinenraum der Schule, wo der Wald beginnt, den wir auf gar keinen Fall betreten dürfen. Sie halten uns immer noch für Kinder. Dort sind Jakob und Mindys Bruder Ben, die miteinander sprechen. Ben wird rot und begrüßt mich:

„Hallo, Lia."

Warum habe ich das nicht schon früher bemerkt? Ben ist Falke, das erkenne ich an seiner Größe und daran, dass er rot wird. Es ist ihm peinlich, dass ich in seinem Haus war, da bin ich mir sicher. Und wenn Ben Falke ist, heißt das, dass Mindy Eichhörnchen ist. Alles passt zusammen.

Ich brauche einen Augenblick, um einzuordnen, was ich gerade erkannt habe:

Punkt 1: Gepard ist Jakob, und in seinem Haus bin ich gewesen.
Punkt 2: Ben ist Falke, und in seinem Haus bin ich auch gewesen.
Punkt 3: Mindy ist Eichhörnchen, und in ihr Haus werde ich mich gleich begeben.
Punkt 4: Auch in Bettys Haus bin ich gewesen, also gehört sie ebenfalls zur Bruderschaft.

Es bleiben nur noch Schwan und Schlange – klar! In Bettys Haus gab es eine Schlange, die mich fast umgebracht hätte. Wie dumm ich gewesen bin! Aber was hat Betty mit all dem zu tun?

Als ob er meine Gedanken gelesen hätte, schaut Jakob mich besorgt an.

„Ganz ruhig, Lia. Wir reden nachher. Begib dich jetzt in Mindys Haus."
„Ihr seid alle Mitglieder der Bruderschaft!"
„Lia, nicht aufregen, tief durchatmen." Mindy nimmt mich beiseite.
„Hier ist es okay, Lia. Du kannst dich jetzt in meinen Kopf begeben", sagt Mindy, während sie meine Hände hält.

Zuuummm. Ich begebe mich in Mindys Kopf.

Sie ist bei mir. Ihre Tür ist klein, wie sie selbst. Und schön, wie sie selbst. Ich hätte gedacht, dass sich die Türen jetzt, da ich weiß, wer dahinter steckt, von selbst öffnen würden. Doch ich fürchte, so viel Glück werde ich nicht haben. Mindy lächelt und verschränkt die Arme. Schauen wir mal, ob ich in der Lage sein werde, die Tür einer Hochbegabten zu öffnen.

Ihr Türchen ist grün und wirkt so zerbrechlich! Aber mein Instinkt sagt mir, dass ich Mindy nicht unterschätzen darf. Da erscheinen plötzlich lauter Tiere auf ihrer Tür.

„Ich bin deutlich zäher, als du denkst", sagt sie lächelnd.

In jedem Schlüssel ist Nahrung zu sehen. Nicht alle Tiere fressen das gleiche. Ordne die Tiere nach ihrem Futter und zähle dann, wie viele Tiere in jeder Gruppe sind.

ICH HABE BETTYS NACHRICHT ENTSCHLÜSSELT!

Ich liege im Bett, habe aber keinen Schlafanzug an. Es ist nach halb eins.

HEUTE, SECHSUNDSIEBZIG MINUTEN NACH MITTERNACHT,
WO ALLES BEGANN.

So lautet die Nachricht. Das heißt, dass ich in die Fabrik in der Alten Straße gehen muss. Und wenn ich pünktlich da sein will, muss ich jetzt los. Ich muss das Skateboard nehmen und mich aus dem Haus stehlen, ohne Lärm zu machen. Wenn mein Onkel aufwacht, bringt er mich um. Zurecht. Aber ich muss es tun. Ich werde jetzt keinen Rückzieher machen, vor allem nicht vor Betty. Außerdem will ich nicht, dass irgendjemand der Bruderschaft meinetwegen Schaden zufügt.

Ich rolle die Straßen entlang.

Es macht Spaß, um diese Zeit Skateboard zu fahren. Es ist niemand auf der Straße. Den ganzen Tag habe ich darüber nachgedacht, dass alle Mitglieder der Bruderschaft meine Schule besuchen. Schwan ist eine Ausnahme: Ich weiß noch nicht, wer sie ist. Meiner Ansicht nach gibt es zwei Möglichkeiten:

Erstens: An allen Schulen gibt es zahlreiche Türöffner.
Zweites: Alle Türöffner besuchen meine Schule.

Kannst du dir vorstellen, dass ich an einer Türöffner-Schule bin? Mein Onkel bekäme einen Herzinfarkt. Vor allem, wenn man bedenkt, wie schwierig es für ihn war, mich auf diese Schule zu schicken.

Schon bin ich da. Die Aussicht, mit Betty allein zu sein, macht mich ein bisschen nervös.

Dort, vor der Eingangstür zur Fabrik, steht Betty. Sie wirkt wie ein Geist. Inmitten der Dunkelheit wird ihre Maske durch das Display ihres Handys beleuchtet. Nun ja, wenn sie keine Aufmerksamkeit erregen will …

„Hallo, Lia."
„Hallo, Schl … Hallo, Betty."

Sie hat gerade einen jener Seufzer von sich gegeben, die mir so auf die Nerven gehen.

„Das gefällt mir genauso wenig wie dir. Keine Sorge, wir müssen keine Freundinnen werden. Der Grund ist nur, dass ich die Beste bin, wenn es darum geht, Gedankenhäuser zu schützen. Also habe ich die Aufgabe, dir zu zeigen, wie das geht."

Wir betreten die Fabrik.

Betty, die Beste? Na klar, sie ist ja Miss Perfect. Oh je! Ich hoffe, ich habe das nicht laut gesagt …! Aber Betty sieht mich an, als wollte sie sagen: „Wenn ich könnte, würde ich dir eine runterhauen, aber ich mache es nicht, weil man das nicht tut."

Sie beginnt, ununterbrochen zu reden, als gäbe sie mir Einzelunterricht. Im Geiste fasse ich zusammen:

Punkt 1: Das Wichtigste ist, dass ich DIE TÜREN MEINES GEDANKENHAUSES SCHÜTZEN muss.
Punkt 2: In der Gedankenwelt gibt es für die mächtigeren Türöffner nichts, was unmöglich wäre. Also nutzen die üblichen Schließmechanismen wie Türschlösser, Riegel oder Vorhängeschlösser nichts.
Punkt 3: In Gedankenhäusern müssen die Schlösser Rätsel, Labyrinthe oder ähnliches sein. Kannst du mir folgen?
Punkt 4: Je komplizierter sie sind, desto länger dauert es, sie zu öffnen. Und wie wir ja wissen, ist die Zeit das höchste Gut in der Gedankenwelt. Länger als eine Stunde – und zack!, es ist vorbei.
Punkt 5: Ich muss meine Schlösser verbessern, denn die aktuellen – laut Betty Schlösser, die wir unbewusst anbringen – nutzen fast überhaupt nichts.

Und woher weiß sie, welche Schlösser ich habe? Wenn ich selbst sie noch nicht einmal kenne. Ich war ja noch nie in meinem eigenen Gedankenhaus.

„Hast du ohne meine Erlaubnis mein Haus betreten?
„Ja, klar. Das wäre ja noch schöner. Aber nicht, weil ich mich für dich oder dein Gedankenhaus interessiere, sondern weil unsere Sicherheit, also meine und die meiner Gefährten, davon abhängt, dass du deine Türen schließt. Was glaubst du denn, wer heute Nacht verhindert hat, dass die Gedankenhäuser der Mitglieder der Bruderschaft angegriffen wurden? Glaubst du wirklich, dass du das alleine geschafft hast?"

Das ist ein Tiefschlag. Auch wenn sie Recht hat. Im Augenblick bin ich eine Gefahr für die Bruderschaft.

„Einverstanden, Betty. Erklär mir, wie ich mein Haus schütze."

Sie sieht mich überrascht an. Und für einen Augenblick vergessen wir, dass wir uns nicht leiden können.

Sie wird mir zeigen, wie ich mein Haus betrete! Während sie mir die Dinge erklärt, werde ich immer aufgeregter. Das ist der Wahnsinn – aber ein Wahnsinn, der Wirklichkeit ist. Also das Betreten meines eigenen Gedankenhauses, meine ich. Ich will das unbedingt ausprobieren.

Ich bin nervös. Ich habe große Lust, mein Gedankenhaus zu sehen, aber Angst, dass es mir nicht gefallen könnte. Wenn mein Haus nun unheimlich ist und mir ein so schlechtes Gefühl gibt wie Bettys Haus? Und ich bin kein besonders „liebenswertes" Mädchen, das habe ich schon immer gewusst.

„Um in dein Gedankenhaus zu gelangen, musst du eine Handfläche über die andere legen, so, vor der Brust. Du musst mit den Armen einen Kreis formen, als würdest du etwas umarmen.

Ich beginne, das zu tun, breche dann aber abrupt ab.

Betty hat mich berührt. Sie hat sich hinter mich gestellt, um mir zu helfen, und hat mich berührt. Ich kann nichts dagegen tun, aber es ist mir zuwider, dass sie mich berührt. Außerdem habe ich sie nicht eingeladen, mich in mein Haus zu begleiten. Schon gar nicht beim ersten Mal. Ich denke, es wäre höflicher von ihr, mich alleine gehen zu lassen.

„Lia, wenn ich dir beibringen soll, wie du deine Türen verschließt, muss ich dein Haus betreten – meinst du nicht auch? Wir haben nicht viel Zeit, also lassen wir einfach mal unsere Probleme beiseite, ja?"

Es stimmt. Betty hat Recht. Aber da ist etwas, das mir Unbehagen bereitet, und das möchte ich lösen, bevor wir mein Gedankenhaus betreten.

„Darf ich erfahren, warum du so schlecht auf mich zu sprechen bist? Soweit ich weiß, habe ich dir nie etwas getan. Ich mag dich nicht, aber ich habe dich deshalb nicht immer so ablehnend angesehen wie du mich."

Zuerst habe ich den Eindruck, dass sie nicht antworten wird. Doch dann seufzt sie, wie immer, und beginnt zu sprechen:

„Lia, ich weiß, dass sie dir erklärt haben, wie unsere Bruderschaft funktioniert. Das mit dem Kreis und dass wir zu sechst sein müssen, um unsere Fähigkeiten nutzen zu können. Hast du dich gefragt, warum wir dich jetzt gesucht haben und nicht schon früher? Genau! Weil jemand Besseres als du nicht mehr da ist, und du nimmst seinen Platz ein. Das kann ich zum Wohle der Gruppe akzeptieren, aber bitte mich weder, dich zu mögen, noch zu vergessen, dass du lediglich ein zweitklassiger Ersatz bist. So, und nun nimm wieder deine Position ein. Handfläche auf Handfläche vor der Brust …, einen Kreis bilden …, und wenn du soweit bist, fest drücken, als wolltest du die Luft zusammenpressen oder jemanden stürmisch umarmen. Ja, genau so, und los …"

Jetzt verstehe ich alles. Ich weiß nicht, warum, aber ich verstehe alles. Mir ist ein Licht aufgegangen. Andrew! Er war auf dem Foto in Bettys Gedankenhaus. Und ganz dicht neben Bettys Tür gab es eine unscharfe Tür – wie von einem Türöffner, der verschwunden ist, wie Jakob erklärt hat.

„Andrew? Das tut mir leid, Betty. Ihr wart sehr gute Freunde, nicht wahr?"

„Sei einfach still, Lia, und leg los. Wenn du dein Haus zum ersten Mal betrittst, musst du ein doppeltes Rätsel lösen. Das erste ist deine unbewusste Barriere, und sobald du sie überwunden hast, erreichst du den Vorplatz. Das zweite Rätsel verschließt deine Tür. Fang an! Und denk daran: Wenn du die Tür findest, wirst du den Schlüssel finden."

Ich konzentriere mich, so gut ich kann. Zuerst widersetzt sich mir die Luft, aber dann, als meine Hände fast meine Brust berühren …

Zuuummm.

Sieh dir die Abbildung von der Seite an.
In den Fenstern verbirgt sich eine Zahl.

ICH BIN AUF DEM VORPLATZ ZU SCHWANS HAUS ANGEKOMMEN!

Absolute Dunkelheit, bis Jakob den Zauberer spielt.

Vor Schwans Haus gibt es nichts. Nur Dunkelheit. Eine tiefere Dunkelheit als vor der Tür irgendeines anderen Gedankenhauses. Schwans Tür ist nirgends zu sehen. Eine solche Finsternis ist erschreckend.

„Focus!"

Was ist das? In Jakobs Hand erscheint ein Feuerball. Ja, wirklich: Feuer. Und nein, er verbrennt sich nicht. Ich bemerke, dass Jakob mich anblickt. Da er Mühe hat, nicht in Gelächter auszubrechen, kann ich mir vorstellen, was ich für ein Gesicht gemacht haben muss. Es macht mich nervös, Jakob an meiner Seite zu haben.

„Das will ich auch können!"

„Jetzt haben wir keine Zeit, Lia. Es ist nicht gut, viel Zeit auf einem Vorplatz zu verbringen. Hier sind wir ungeschützt. Falls jemand kommt, hätten wir keine andere Möglichkeit als dieser Person entgegenzutreten. Niemand wird sich trauen, Schwans Haus zu betreten, doch es kann sein, dass hier jemand ist, der spioniert."

„Aber wer wird kommen, Jakob? Die Quan-was-auch-immer?"

Er antwortet nicht. Und damit ich nicht hysterisch werde, stelle ich eine meiner Listen zusammen:

Erstens: Der finstere Bereich vor einem Gedankenhaus heißt „Vorplatz". Na gut.

Zweitens: Auf dem Vorplatz kann es Spione geben. Da wird mir wieder mulmig zumute.

Drittens: Jakob kann Feuerbälle entstehen lassen und den Raum verändern. Wie cool!

Wir gehen in der Dunkelheit weiter.

Ich schaue über den Lichtkreis hinweg, den Jakobs Feuerball produziert, aber man sieht nichts. Die Vorstellung, dass uns genau jetzt jemand beobachten könnte, gefällt mir nicht. Jakob nimmt mich an die Hand und wir gehen schneller weiter. Seine Hand ist groß, kräftig und nicht verschwitzt.

Wir rennen.

Dann erreichen wir die Tür von Schwans Gedankenhaus. Doch was ist das? Ich höre ein Geräusch hinter uns, und Jakob drückt meine Hand.

„Schnell, Lia, geh rein. Ich passe auf."

Irgendetwas passiert gerade, aber ich weiß nicht, was. Jakob ist sehr nervös.

„Jakob, mach keinen Quatsch. Wenn es so gefährlich ist, hier zu sein, wäre es dann nicht besser, wenn du die Tür öffnen würdest? Ist es wirklich nötig, dass du mich weiter auf die Probe stellst?

„Ich kenne die Kombination nicht, Lia. Schwan ändert sie jeden Tag. Wir hatten nicht damit gerechnet, dass sie dich so schnell entdecken. Mach schnell die Tür auf. Du bist ein besserer Türöffner als ich."

Dass sie nicht damit gerechnet haben, dass sie mich so schnell entdecken, macht mich sehr unruhig, aber ich halte mich daran fest, dass ich ein besserer Türöffner sei als er. Das gefällt mir.

Der Lärm nimmt zu. Es sind viele eilige Schritte zu hören. Von mehreren Personen, da bin ich mir sicher.

Ich schaue mir die Tür an. Sie zeigt eine Menge Abbildungen. Was muss ich denn hier machen?

„Schnell, Lia, mach die verdammte Tür auf."

Jede Abbildung passt zu einem Bild mit einer ähnlichen Emotion.

ICH HABE DEN WEG DURCH DAS LABYRINTH GEFUNDEN UND BIN WIEDER VOR JAKOBS TÜR ANGEKOMMEN!

Ich renne und biege um die letzte Ecke.

Es war nicht leicht, die Tür wieder zu erreichen – vor allem, weil er jedes Mal lachte, wenn ich einen falschen Weg nahm. Doch schließlich habe ich es geschafft und betrete das Haus, um schnell die Ausgangstür zu suchen.

Ich bin sprachlos.

Doch das möchte ich nicht zeigen, um ihn ein bisschen zu ärgern. Aber: Ich bin sprachlos. Das ist so beeindruckend! Jakobs Haus ist wirklich eindrucksvoll. Die Wände sind grau, aber in verschiedenen Grautönen und Abstufungen dieser Farbe. Die Backsteine sind auf besondere Weise angeordnet, sodass sie teilweise Muster bilden, die man nur sieht, wenn man sich darauf konzentriert. An einer Wand dominiert ein großer Gepard den Raum. Ich fühle mich in seinem Haus beschützt. Er steht hinter mir und ich bemerke, wie er mich ansieht.

Ich drehe mich um und möchte einen Witz machen, um das Eis zu brechen. Doch ich beiße mir auf die Zunge, als ich sein Gesicht sehe.

„Lia, wir haben zu viel Zeit im Labyrinth verloren. Das war meine Schuld, entschuldige. Folge mir."

Ich folge ihm.

Wir laufen durch einen breiten Gang voller Gemälde. Wegen der Ähnlichkeit vermute ich, dass es sich um Jakobs Verwandte handelt. Am Ende des Ganges führt eine Treppe nach unten. Jakob bleibt stehen und dreht sich um. Er ist sehr ernst. Was passiert hier?

„Ich werde dir eines der großen Geheimnisse der Türöffner zeigen, Lia. Jetzt wirst du verstehen, warum wir unsere Identität geheim halten und welches Risiko ich eingehe, indem ich dir sage, wer ich bin."

Bei so viel Ernst wird mir etwas mulmig zumute. Bis jetzt war es genial, aber ich weiß nicht, ob ich mit Jakob hier sein will. Verantwortung, Risiko. Mein Leben verändert sich zu schnell.

Wir rennen hinunter, so schnell es geht. Doch es scheint, als würde die Treppe niemals enden. Endlich kommen wir vor einer Tür an, auf der eine Menge Symbole und komplizierte Labyrinthe abgebildet sind. Jakob öffnet sie, ohne zu zögern – doch bevor er hindurchgeht, hält er inne.

„Ich möchte dir meinen Türensaal zeigen. In jedem Gedankenhaus gibt es einen solchen Saal."

Wir gehen hinein. Ich sehe mich um, noch einmal und noch einmal.

Der Saal ist riesig. Überall gibt es Türen, aber alle ohne die kleinste einheitliche Verzierung oder ein Anzeichen guten Geschmacks. Das sehe sogar ich, und ich bin ganz schlecht in sowas. Da sind hohe Türen, grüne Türen, Eisentüren, Holztüren, Glastüren … Es scheint keinerlei Logik zu geben.

„Wofür sind all diese Türen da, Jakob?"

Ich habe beschlossen, ihn nicht mehr Gepard zu nennen, da ich ja weiß, dass es Jakob ist.

„Wir befinden uns im Türensaal."

Das ist offensichtlich.

„Von hier aus gibt es einen Zugang zu allen Menschen, die ich kenne. Wie ich gerade gesagt habe: Wir alle haben einen Türensaal in unserem Gedankenhaus. Darin sind die Türen der Personen, die wir mögen, die Türen unserer Freunde. Aber auch die Türen unserer Feinde sind hier. Es gibt hier Türen für alle Leute, die wir kennengelernt haben, ob wir sie nun mochten oder nicht."

Einige erkenne ich, und das ist ein sehr seltsames Gefühl.

Nachdem Jakob das erklärt hat, erkenne ich Falkes Tür, weiß und imposant. Auch Bettys Tür in Kaugummirosa ist zu sehen. Oh je! Einige der Türen sind unscharf und verschwommen, als seien sie nicht so richtig da. Sie verursachen ein unangenehmes Gefühl.

„Was ist mit diesen Türen los, Jakob?"

Auf seinen Augen liegt ein leichter Schatten von Traurigkeit und seine Stimme zittert, als er sagt:

„Das sind die Türen der Menschen, die verloren sind. Türöffner, denen es nicht gelungen ist, rechtzeitig herauszukommen, und die für immer in einem Gedankenhaus verschwunden sind."

Ich würde ihm zum Trost gern einen Kuss geben, wenn ich nicht so versteinert wäre: Neben Bettys Tür befindet sich eine dieser unscharfen Türen. Sie vermittelt das gleiche Gefühl der Traurigkeit wie ihr Haus. Vorsichtshalber stelle ich keine weiteren Fragen.

„Lia, durch diesen Saal kannst du die Tür des Gedankenhauses jeder Person erreichen, die ich kenne. Aus diesem Grund darf niemals jemand in deinen Türensaal gelangen. Das wäre sehr gefährlich, denn dann könnte man dich benutzen, um in mein Gedankenhaus zu kommen. Verstehst du?"

Ich erkenne, dass Jakob mir großes Vertrauen entgegenbringt. Jetzt, da ich weiß, wer er ist, könnte jeder Türöffner mich nutzen, um zu ihm zu gelangen.

Das ist cool: Jakob und ich sind die einzigen, die dieses Geheimnis miteinander teilen, als sei es das Normalste auf der Welt.

„Du wirst noch mehr über den Türensaal erfahren, keine Sorge. Für den Augenblick reicht es, wenn Du weißt, dass die Türen eine emotionale Reihenfolge haben. Türen, die meiner eigenen näher sind, gehören zu Personen, an die ich am meisten denke. Doch das kann sich ändern. Wie du weißt, verändern wir uns ja auch im richtigen Leben."

Ich wüsste gern, wem diese rote Tür gehört, die sich so nahe bei seiner eigenen befindet. Er muss wirklich sehr viel an diese Person denken.

„Nicht alle Personen, an die du am meisten denkst, sind auch diejenige, die du am liebsten hast. Es gibt Menschen, an die du ständig denkst, weil sie deine Feinde sind, weil sie dich dazu zwingen, ständig wachsam zu sein – und solange du sie nicht überwunden hast, befindet sich ihre Tür in der Nähe deiner eigenen. Verstehst du, was ich sagen will?"

„Ja, ja, ich verstehe. Aber ich werde etwas Zeit brauchen, um es zu begreifen."

Jakob nähert sich einer ockerfarbenen Tür, die sich zwei Türen von seiner entfernt befindet. Sie ist lustig, aber elegant.

„Heute werde ich dir zeigen, wie man vom Türensaal aus von Kopf zu Kopf wechselt. Wenn es dir in meinem Gedankenhaus gelingt, eine der Türen hier zu öffnen, entsteht eine Brücke, die dich zum Vorplatz des Hauses der Person bringt, der diese Tür gehört. Verstehst du? Diese ockerfarbene Tür gehört Schwan. Falls du sie öffnen kannst, gelangst du zum Vorplatz ihres Haus. Und dann musst du eine weitere Tür öffnen, um in ihr Haus hineinzukommen. Bist du bereit?"

„Vorplatz?" Na, wie dem auch sei. Ich bin total begeistert, und das ist mir auch anzusehen.

Jakob lacht. Mir gefällt, wie er lacht.

Ich ahne, dass er sie öffnen könnte. Aber ich sehe in seinen Augen, dass er mich wieder prüfen will. Er hat mir zwar vertraut, doch er möchte wissen, was ich alles schaffen kann. Das scheint mir angemessen zu sein. Ob ich bereit bin? Natürlich bin ich das.

Setze das Puzzle gemäß den Farben der Teile zusammen.

ICH HABE DIE SECHS PRÜFUNGEN BESTANDEN!

Als ich die rote Tür öffne, beginnt alles um mich herum, sich zu drehen. Ich weiß nicht, ob ich das bin oder ob alles andere sich dreht. Die Farben sind intensiver, die Gerüche kräftiger und die Zeit bleibt stehen.

Ich bin erschöpft, doch in meinem Inneren entsteht eine neue Kraft, die nach außen dringt.

Schwan sieht mich bewegt an: Jakob muss richtig gelitten haben, denn sein Gesicht ist weiß wie Falkes Tür. Eichhörnchen und Falke lächeln mir offen zu. Und Schlange? Noch nie habe ich in Augen eine solche Dankbarkeit erkannt.

Das Licht konzentriert sich auf einen einzigen Punkt. Es ist der Mond, der durch einige der durchsichtigen Schornsteine lugt, die mein Haus umgeben. Und in seinem klaren Licht sehe ich von oben einen Gegenstand herunterkommen. Es ist die Maske eines Panthers, meine Maske. Ich weine.

Wegen all der einsamen Jahre.

Wegen jener Menschen, die alles gegeben haben, um das Recht auf Privatsphäre und Freiheit zu verteidigen.

Denn heute Nacht, bevor ich zu meiner Abschlussprüfung ging, habe ich das Fotoalbum geöffnet, das mein Onkel mir auf den Tisch gelegt hatte. Dort war ein Foto meiner Mutter. Um den Hals trug sie ein Medaillon, am Finger hatte sie einen Ring, am Handgelenk einen Armreif, an den Ohren trug sie Ohrringe und auf der Brust eine Brosche. Dieselben befinden sich jetzt an meinem Hals, an meinem Finger, an meinem Handgelenk, an meinen Ohren und auf meiner Brust.

Mein Name ist Lia Türöffnerin und ich bin eine Wächterin der Geheimnisse. Ich habe die Kraft der Pantherin und morgen werde ich an der Seite der Meinen kämpfen.

Die Schlacht kann beginnen!

ICH HABE AUS DEM LABYRINTH IN DER FABRIK HERAUSGEFUNDEN!

Oder zumindest glaube ich das. Wenigstens kommt hier Licht herein, sodass ich wieder etwas besser sehen kann. Urgh, wie eklig! Hier sind ja überall Spinnennetze!

Ich gehe weiter.

Wenn ich jetzt so darüber nachdenke: Ich hätte vielleicht jemandem sagen sollen, wohin ich gehe, oder Lily irgendwo eine Nachricht hinterlassen – für den Fall, dass man mich entführt oder so. Nicht, dass ich ein Angsthase wäre, aber nach dem, was mit Andrew passiert ist …

Andrew geht in meine Schule. Vor ein paar Tagen ist er verschwunden, und als man ihn zwei Tage später fand, ging er mitten auf der Straße vor sich hin. Er spricht nicht und bewegt die Augen auf eine sehr seltsame Art und Weise. Andrew liegt ständig im Bett und kann nicht aufstehen. Ich selbst habe ihn nicht gesehen, doch unsere Lehrerin, Frau Müller, hat es uns erzählt, mit Tränen in den Augen.

Wo bin ich denn jetzt gelandet? Na sowas! Das ist eine Art Innenhof mit einem Arkadengang, wie man ihn oft auf Plätzen findet. Wenn ich nach oben schaue, kann ich den Himmel sehen.

Ich bleibe stehen. Verstecke mich. In der Mitte des Hofes ist jemand.

Im Hof stehen fünf Verrückte. Ja, Verrückte! Ich weiß das, weil sie Leggins und Tiermasken tragen. Ja, wirklich: Tiermasken. Von meiner Position aus kann ich einen Schwan erkennen, einen Falken, einen Gepard, ein Eichhörnchen und eine Schlange. Die Masken sind eine Frechheit!

Diese Leute müssen ungefähr in meinem Alter sein. Na ja, ich weiß nicht, wie alt sie sind, aber sie sind noch nicht erwachsen. Es gibt viele Anzeichen dafür, und ich bin eine gute Beobachterin: Also, diese Verrückten sind jedenfalls nicht viel älter als ich.

Ich habe ein wenig Angst. Wahrscheinlich sollte ich weggehen, aber ich tue es nicht. Ich möchte wissen, wie sie hinter mein Geheimnis gekommen sind und ob noch andere Leute davon wissen.

Die Jugendlichen stehen im Kreis wie bei einem Spiel, doch sie bewegen sich nicht. Die Person mit der Schwanenmaske sagt etwas. Es scheint ein Mädchen zu sein. Das ist alles etwas seltsam. Vielleicht sollte ich wirklich auf mein Skateboard steigen und machen, dass ich wegkomme. Auch wenn ich nicht weiß, ob ich den Rückweg fände.

Bumm.

Ui! Haben sie den Lärm gehört, den mein Skateboard gemacht hat, als ich damit gegen die Wand gestoßen bin …?

„Lia, hab keine Angst. Komm näher. Herzlich willkommen bei der Bruderschaft des Schlüssels."

Ja, sie haben mich gehört. Und ja, sie haben „Bruderschaft des Schlüssels" gesagt.

DIE BRUDERSCHAFT DES SCHLÜSSELS

Da ich nicht wirklich eine Alternative habe, gehe ich auf sie zu.

Sie blicken mich alle an, während ich näherkomme. Ich habe ein wenig Bauchweh, aber ich werde ihnen nicht zeigen, dass ich Angst habe. Sie schauen mich an und ich sie. Ich versuche, erhobenen Hauptes zu gehen.

Es ist ganz klar, dass der Schwan die Anführerin ist. Falke überragt sie deutlich – er ist riesig. Schlange gibt mir ein irgendwie ungutes Gefühl, während Eichhörnchen als einziges unaufmerksam zu sein scheint. Und Gepard, tja, ich weiß auch nicht, der macht mich irgendwie nervös. Aber nicht so, dass ich es nicht aushalten würde, sondern eher so, dass ich mir dumm vorkomme. Ja, es sind wohl drei Mädchen und zwei Jungs.

Ich erreiche sie. Jetzt stehen wir zu sechst im Kreis.

Die Gedanken überschlagen sich in meinem Kopf. Sind das Türöffner, so wie ich? Vielleicht sind sie in mein Gedankenhaus eingedrungen, ohne dass ich mich daran erinnern kann. Das würde mich mächtig ärgern. Stimmt schon, ich weiß, dass ich das selbst auch tue, doch ich schaue mir nichts an, was ich nicht sehen soll.

„Lia, hab keine Angst. Wir wissen, wer du bist. Wir wissen, was du bist, und wir wollen dir bloß helfen."

„Aha." Wunderbar. Jetzt bin ich ruhiger. „Wobei helfen, wenn ich fragen darf?"

Okay, das ist nicht die beste Antwort der Welt, doch wie würdest du dich verhalten, wenn du dich in einer verlassenen Fabrik befändest, ohne dass irgendjemand davon weiß, mit fünf maskierten Typen, die dir solche Dinge sagen.

„Wir sind selbst auch Türöffner, wie du. Doch wir sind nicht allein. Gemeinsam perfektionieren wir unsere Fähigkeiten. Wir sind Teil einer Bruderschaft – der Bruderschaft des Schlüssels", sagt Schwan.

Ich schaue sie an. Vielleicht sollte ich den Mund halten, aber ich kann nicht.

„Hast du ‚Bruderschaft' gesagt? Und was ist das? Eine Art Sekte oder was?"

Ich bin wirklich kein besonders misstrauischer Mensch, aber diese Leute hier mit ihrem merkwürdigen Aussehen … Tja, und außerdem habe ich die Angewohnheit, niemandem zu trauen, der sich hinter einer Maske versteckt.

„Nein, wir sind keine Sekte oder etwas Ähnliches. Wir sind einfach Menschen mit derselben Gabe wie du. Es gibt weitere Türöffner, nicht viele, aber ein paar. Wir würden uns freuen, wenn du dich unserer Gruppe anschließen würdest. Um ein vollberechtigtes Mitglied zu werden, musst du die Lehrzeit überstehen und am Ende sechs Prüfungen machen. Falls du dann beschließt, nicht in die Bruderschaft einzutreten, passiert nichts, aber du wirst eine Menge Dinge gelernt haben.

„Und wenn ich mich euch nicht anschließen möchte?"

„Dann werden wir in deinen Kopf eindringen und die Erinnerung an uns löschen. Du wirst nicht wissen, dass du uns kennengelernt hast", erwidert Schwan.

Ich bin sprachlos. In meinen Kopf eindringen und meine Erinnerungen löschen?

Für wen hält sie sich eigentlich?

„Und wenn ich das nicht will? Um in meinen Kopf einzudringen, müsstet ihr euch mir erst einmal nähern", sage ich.
Währenddessen habe ich mein Skateboard aufgehoben und halte es mir vor die Brust, damit ich zuschlagen kann, falls jemand auf mich zukommen sollte.

Ich merke, wie angespannt alle sind. Der riesige Falke wirkt nun noch ein wenig größer, falls das überhaupt möglich ist. Wenn er sich auf mich stürzt, bin ich verloren. Doch Schwan lächelt und gibt ihm mit der Hand ein Zeichen. Er scheint sich zu entspannen.

„Etwas anderes habe ich von dir nicht erwartet, Lia. Doch du hast keine andere Wahl. Erstelle eine deiner Listen und überprüfe es."

Woher weiß sie von meinen Listen? Sie kennt mich, natürlich, das muss es sein.

„Du hast gesagt, dass es noch mehr Türöffner gibt. Woher weißt du das?"

„Alles zu seiner Zeit, Lia. Sag uns zuerst, ob du Mitglied der Bruderschaft werden und alles lernen willst, was wir dir beibringen können."

Ich sollte wohl nicht, aber ich werde ja sagen. Und zwar aus drei Gründen:

Erstens: Sie sind in der Überzahl und wirken nicht so, als würden sie mich entkommen lassen. Außerdem will ich nicht, dass sie bei mir irgendeine Erinnerung löschen.
Zweitens: Ich sterbe vor Neugier und möchte wissen, was sie mir beibringen können.
Drittens: Ich glaube nicht, dass es weitere Türöffner auf der Welt gibt. Das kann nicht sein, da ich noch nie einen getroffen habe.

„Okay. Was muss ich tun?"

„Die erste Herausforderung wirst du in Falkes Kopf finden. Und du musst es sofort tun."

Sofort?! Sie hat mich noch nicht einmal gefragt, ob mir das recht ist. Aber ich habe nicht viel Zeit, darüber nachzudenken, denn auf ein Zeichen von Schwan, kommt Falke auf mich zu und ergreift meine Hände.

Am liebsten würde ich ihn schlagen. Doch ich überlege es mir anders. Wenn ich in Falkes Kopf eindringen muss, werde ich es tun.

Ich drücke seine Hände, sehe ihn an, konzentriere mich und …

Zuuummm. Schon bin ich in seinem Kopf.

Wie immer, wenn ich mich in einen Kopf begebe, stoße ich zuerst auf eine Tür mitten in der Finsternis. Das soll heißen, dass alles dunkel ist und ich außer einer Tür nichts sehen kann.

Jede Tür ist anders. Wenn es ein Schloss gibt, öffne ich es – und genau in dem Augenblick, in dem es Klick macht, verschwindet die Dunkelheit und das Äußere des Hauses wird sichtbar.

Das ist spannend, denn man weiß nie, wo die Leute ihr Gedankenhaus hinstellen: in einen Park, in ein Hochhaus, ... Einmal habe ich ein Haus in einem See gefunden, unter Wasser. Dabei wäre ich fast ertrunken. Ich musste schwimmen, um da wieder rauszukommen.

Auch wenn das Schloss schon offen ist, kannst du die Tür nicht öffnen und hineingehen, bevor das Haus nicht vollständig von außen zu sehen ist. Erst dann kannst du aufmachen und reingehen.

Ich bin erstaunt.

Falkes Gedankenhaus hat eine weiße Tür, von einigen bunten Zahlen mal abgesehen. Die Ränder sind abgerundet. Das ist seltsam. Ich habe dir ja schon erzählt, dass ich Angst vor verriegelten Türen habe, doch diesmal nicht.

Ich nähere mich Falkes Tür und berühre sie mit der Hand.

Weißt du, was merkwürdig ist? Jedes Mal, wenn ich in den Kopf eines Menschen eindringe, verwandelt sich meine Kleidung: Ich trage dann Leggins, ein T-Shirt und eine Maske, alles in Schwarz. Also die typische Kleidung einer Einbrecherin, wie sie in Comics gezeichnet ist. Das wird wohl durch das Öffnen der Türen verursacht. Ärzte tragen weiße Kittel, Mechaniker einen blauen Overall und ich – nun ja, das eben: die traditionelle Kleidung eines Diebes.

So ist es. Wenn ich selbst wählen könnte, würde ich mich für fröhlichere Kleidung entscheiden, aber ich habe keine Ahnung, wie ich das ändern könnte.

Ich mache mich an die Arbeit.

Was wohl die Schlüssellöcher und die Farben zu bedeuten haben?

Entdecke die Zahlen und achte dabei
auf die Farben der Schlüssellöcher.

ICH HABE DEN WÜRFEL GEÖFFNET!

Ratter, ratter, ratter.

Es klingt, als griffen Zahnräder ineinander.

„Ich verberge geheime Botschaften."

Klonk.

Das gibt's ja wohl nicht! Ein sprechender Würfel. Vor lauter Schreck habe ich ihn fallen gelassen. Aber er ist offenbar nicht kaputt, denn er spricht weiter.

„Die Bruderschaft des Schlüssels hat mir eine Botschaft für dich anvertraut: Um keine Kopfschmerzen zu bekommen, musst du durch den Ausgang hinausgehen, nicht durch den Eingang."

Ach ja? Man geht nicht durch dieselbe Tür hinaus, durch die man hineingekommen ist? Darüber habe ich noch nie nachgedacht. In der Realität haben Häuser nur eine einzige Tür.

Ich blicke auf das riesige weiße Schloss, Falkes Gedankenhaus, und denke, dass es ziemlich schwierig sein dürfte, irgendetwas darin zu finden. Aber ich werde die Ausgangstür aus drei Gründen finden:

Erstens: Damit sie vergessen, welchen Schrecken mir der verdammte Botschaften-Würfel eingejagt hat. Ich glaube, einer von ihnen hat sogar gelacht.
Zweitens: Weil mir, wenn ich den Ausgang finde, der Kopf nicht wehtun wird. Und das wäre natürlich klasse.
Drittens: Da sie mich, falls ich diese Tür nicht finde, vielleicht nicht in die Bruderschaft aufnehmen, und ich muss zugeben, dass sie meine Neugier geweckt haben.

Zu einer Clique zu gehören, wäre toll. Ich habe weniger Freunde als wohl normal wäre. Ich weiß das, weil ich nicht dumm bin und weil mein Onkel gelegentlich betont, dass ich, wenn ich möchte, am Wochenende meine Freunde mitbringen darf, um zusammen zu essen oder einen Film anzuschauen.

Ich merke, dass er sich Sorgen macht. Mein Onkel ist leicht zu durchschauen. Er ist der beste Onkel der Welt.

Mit den Freunden ist das nicht so einfach, nicht wahr? Sie merken sofort, dass irgendetwas anders ist, und stellen dann Fragen. Das ist normal, ich täte das auch. Aber ich sage ihnen natürlich nicht, dass ich in den Kopf anderer Leute eindringen kann. Dann sollen sie lieber denken, dass ich nicht so gesellig bin.

Ich habe dir ja schon gesagt, dass Lily einer besten Freundin am nächsten kommt. Manchmal fragt sie mich, aber ich antworte ihr nicht, und das scheint sie nicht zu stören. Wir fahren zusammen im Bus und so. Wenn sie uns lassen, sitzen wir in der Klasse oder im Speisesaal nebeneinander. Nicht immer, aber ziemlich oft.

Ich weiß nicht, ob ich es eines Tages ihr oder jemand anderem erzählen werde. Man sagt doch, dass Partner einander alles erzählen, oder? Keine Ahnung, was ich davon halten soll. Ich glaube, dass ich keinen Freund haben werde. Mein Onkel ist auch Single und scheint glücklich zu sein.

Ich betrachte Falkes riesiges Schloss und habe keine Zweifel mehr.

„Okay. Worauf warten wir also? Lasst uns hineingehen und die andere Tür suchen."

Ich weiß, das war etwas vorlaut. Ja, manchmal habe ich einen schlechten Charakter.

SANDKÖRNER

Falke geht vor mir hinein, ich folge ihm. Das Innere des Schlosses sieht genial aus. Etwas zu weiß für meinen Geschmack, aber genial. Auch innen riecht es nach feuchter Erde. Ich liebe diesen Geruch. Die Wände bilden keine Ecken, sondern sind abgerundet und so hoch, dass man die Decke gar nicht sehen kann. Hinter meinem Rücken höre ich Schlange seufzen. Ich hoffe, sie geht mir nicht an die Gurgel.

Ich sehe sie abweisend an.

Diese Zicke kommt mir sehr verdächtig vor.

Falke geht voran, dann komme ich, hinter uns die anderen. Wir betreten einen riesigen Saal. Er wirkt kalt, weil alles weiß ist, doch das Gegenteil ist der Fall. Es ist, als würde die Sonne wärmend von den Wänden abprallen. Das ist angenehm, man fühlt sich hier sicher, als beschütze einen die Luft. Eine komische Empfindung, ich weiß. Hinter der Tür steht ein weißer Schuhschrank, der sich kaum von der Wand abhebt. Ich bin sicher, dass dies Falkes Geheimversteck ist.

Im Saal gibt es lediglich einen Tisch und sechs Stühle. Okay: einen Tisch, sechs Stühle und eine riiiiiiesige, weiße Sanduhr. Ich schaue Falke an. Hinter meinem Rücken werfen sich Schwan und Gepard Blicke zu. Es ist mir nicht aufgefallen, aber scheinbar haben sie Schlange beauftragt, als Wache draußen zu bleiben.

Das beunruhigt mich. Es beunruhigt mich, dass bei jedem Schritt, den wir gehen, jemand als Wache zurückbleiben muss. Wovor haben sie Angst? Wir tun ja nichts Böses. Ich werde nichts Böses machen und das auch bei niemand anderem zulassen.

Ich versuche, mich zu beruhigen.

„Wofür ist denn diese riesige Sanduhr da?"

Diesmal antwortet Falke. Endlich spricht mal jemand anderes als Schwan. Er hat eine sehr hohe Stimme, wenn man bedenkt, wie groß sein Körper ist. Hätte ich mir vorstellen sollen, wie seine Stimme klingt, wäre es auf jeden Fall anders gewesen. Seine Stimme passt eher zu einem älteren Mann, also zu einem richtig alten Mann – wie der Nachbar, der uns gegenüber wohnt. Doch ich bin sicher, dass Falke kein Erwachsener ist. Das habe ich dir ja bereits gesagt.

„Lia, in der Welt der Gedanken vergeht die Zeit viel schneller als in der realen Welt. Zehn Minuten in der Welt der Gedanken entsprechen einer Minute in der realen Welt. Verstehst du?"

Klar! Deshalb läuft alles normal weiter, wenn ich nach einem Ausflug in den Kopf einer Person wieder in die reale Zeit zurückkehre.

Wir setzen uns um die Sanduhr.

Falke meint, ich dürfe mich nie länger als sechzig Minuten in einem Gedankenhaus aufhalten. Das sei sehr wichtig. Andernfalls könne ich nie mehr in die reale Welt zurückkehren und sei in den Erinnerungen der Person verloren, in deren Kopf ich eingedrungen bin.

Falke führt fort:

„Das passiert, wenn es gut läuft. Bist du allerdings im Kopf eines Quanten gefangen …"

Quan … was? Das muss ich im Wörterbuch nachschlagen.

Schwan bringt ihn zum Schweigen. Das ist mir aufgefallen. Ich achte auf sowas. Ich möchte fragen, welche Personen er meint und was mir dann passieren könnte. Doch ich merke, dass dies nicht der richtige Zeitpunkt ist. Ich habe ja bereits erklärt, dass ich eine gute Intuition habe.

Im Geiste mache ich mir eine Notiz.

Ich fasse zusammen:

Erstens: Zehn Minuten im Kopf eines anderen Menschen entsprechen einer Minute im wirklichen Leben.
Zweitens: Wenn ich mich länger als eine Stunde („Gedankenzeit") im Kopf von jemandem aufhalte, verschwinde ich für immer in den Erinnerungen des Gastgebers.
Drittens: Es gibt Quan-irgendwas, von denen ich nicht weiß, was sie sind, die aber sehr problematisch sein können.

Oh je, das ist wirklich übel. Wo bin ich da bloß hineingeraten? Ich stelle mir vor, wie mein Onkel überall im Viertel Fotos von mir aufhängt, weil ich verschwunden bin. Wenn ich nur daran denke, läuft es mir kalt den Rücken hinunter.

„Okay, Leute, verstanden: Die Zeit läuft. Also los, suchen wir den Ausgang, ja? Ich habe keine Lust, mich in eine deiner Erinnerungen zu verwandeln, Falke – sorry."

Der Ausdruck der Überraschung auf Falkes Gesicht ist Gold wert. Er hat seine Augen so weit aufgerissen, dass sie fast durch die Maske hervorquellen.

Ich habe dir noch nicht erzählt, dass ich in einem Viertel aufgewachsen bin, in dem es üblich war, frech zu werden, wenn man Angst bekam, damit niemand es merkte. Vor nur einem Jahr sind wir umgezogen und in ein etwas besseres Viertel gekommen. Mein Onkel wollte, dass ich in dieselbe Schule gehe, die auch meine Eltern und er besucht haben. Na ja, seine Sache.

„Keine Sorge, Lia. Solange du mit Falke unterwegs bist, ist der Zeitdruck nicht so groß."

Nun bin ich diejenige, der man die Überraschung ansieht. Haben sie sich nicht gerade widersprochen? Während Schwan spricht, blickt Falke auf die Sanduhr über dem Tisch, und sofort fließt der Sand deutlich langsamer. Was geht denn hier vor? Diese Leute machen mir ein bisschen Angst, aber sie gefallen mir auch.

„Jeder von uns hat eine Spezialfähigkeit. Falke ist in der Lage, die Gedankenzeit beeinflussen. Er kann nicht nur dafür sorgen, dass sie langsamer läuft, sondern sie auch schneller vergehen lassen. Nicht viel, nur ein bisschen, aber ausreichend, um einen Eindringling zu täuschen und zu erreichen, dass er für immer eingeschlossen bleibt."

„Aber wie kann ich dann wissen, wieviel Zeit wirklich vergangen ist?"

Eine ultramoderne Armbanduhr mit Stoppfunktion und Alarm erscheint an meinem Handgelenk.

Hat Gepard mir zugezwinkert? Ja, das hat dieser Türöffner tatsächlich getan. Zumindest glaube ich das; die Gepardenmaske verleiht ihm ansonsten ein wirklich beeindruckendes Aussehen. Ich schaue auf meine neue Uhr und sehe, wie sich die Zeit auf Falkes Sanduhr auf seinen Wunsch hin verlangsamt oder beschleunigt.

Okay, Lia, das ist deine Lektion für heute. Zeig, dass du sie verstanden hast, und finde hinaus, bevor die Zeit abgelaufen ist.

„Bedenke, was ich gesagt habe, wenn du hinaus willst, Lia."

Das tue ich.

„Hast du die Ausgangstür gefunden, gilt Folgendes: Wenn du die Uhren umdrehst und eine Minute wartest, ist das, was übrigbleibt, der Schlüssel."

„Was?"

Doch Falke antwortet nicht. Plötzlich verschwinden alle. Ich höre nur noch, wie Schwan sagt, dass sie draußen auf mich warten. Ich bin fassungslos.

Es gefällt mir gar nicht, dass sie mich allein gelassen haben. Ich blicke auf meine Uhr, die vierzig Minuten anzeigt. Jetzt aber schnell!

Normalerweise ginge ich durch die Tür hinaus, durch die ich auch hereingekommen bin, und in der realen Welt hätte ich dann mächtig Kopfschmerzen. Doch nach den Worten des Botschaften-Würfels, der sicher ebenfalls verschwunden ist, gibt es irgendwo in diesem Schloss einen Ausgang.

Ich muss ihn nur finden und die Prüfung bestehen, um die Tür öffnen zu können.

Ich merke, dass ich Gänsehaut habe. Aber ich will heute ohne Kopfschmerzen rauskommen. Und ich erinnere mich an Falkes Worte, die ich wohl später noch brauchen werde: „Wenn du die Uhren umdrehst und eine Minute wartest, ist das, was übrigbleibt, der Schlüssel.“

2 Minuten **10 Minuten** **5 Minuten** **3 Minuten**

Drehe die Sanduhren um, ziehe jeweils eine Minute von der verbleibenden Zeit ab und addiere sie.

ICH HABE DIE NACHRICHT AUS DER TASCHE ENTSCHLÜSSELT!

Der Bus fährt weiter.

HALLO, LIA.
KANNST DU TÜREN ÖFFNEN?
WIR BRAUCHEN DICH.
KOMM HEUTE NACHMITTAG NACH DER SCHULE
ZUR ALTEN STRASSE NUMMER EINHUNDERTACHT.

Ich habe beschlossen, zu dem Treffen zu gehen. Deshalb sitze ich im Bus, deshalb habe ich einen Einzelplatz gewählt und deshalb möchte ich von niemandem angesprochen werden. Ich habe ein bisschen Angst. Ich weiß nicht, ob es sich nur um einen Scherz handelt oder ob tatsächlich jemand mein Geheimnis entdeckt hat. Aber wenn das der Fall ist, muss ich es wissen.

Ich drücke auf den Knopf, damit sich die Bustür öffnet.

Endlich! Ich bin eine Haltestelle vor der Alten Straße ausgestiegen. Es soll mich niemand sehen, wenn ich mich dem Haus nähere. Ich steige auf mein Skateboard. Wüsste mein Onkel, dass ich damit überallhin fahre, gäbe es mächtig Stunk. Doch er kriegt nicht viel mit. Seiner Meinung nach besuche ich bis acht einen außerschulischen Kurs, obwohl ich das nie gesagt habe. Er ist ein guter Mann, doch die Vaterrolle überfordert ihn ein wenig. Für mich ist er eher so etwas wie ein großer Bruder. Er sorgt für mich und passt auf mich auf, ohne mich zu nerven. Ich mag ihn sehr.

Ich bremse. Da ist es. Ich beende die Musik auf meinem Handy.

Alte Straße 108. Es ist eine ehemalige Fabrik. Sie scheint verlassen zu sein. Mir ist schlecht – das sind die Nerven: Immer wenn ich nervös bin, bekomme ich Bauchweh. Es gibt eine große Eingangstür aus Eisen. Sie ist nicht abgeschlossen. Umso besser, denn wenn ich warten müsste, bis jemand aufmacht, würde ich vielleicht davonlaufen.

Ich öffne die Tür.

Ich schaue hinein. Niemand zu sehen. Ich gehe einen halben Schritt vorwärts. Es ist sehr dunkel. Und schon bin ich drin.

Klack. Hinter mir fällt die Tür ins Schloss.

Mist. Wirklich toll! Ich hätte einen Stein oder etwas anderes in die Tür legen sollen, damit sie offen bleibt. Aber was willst du? Ich bin solche Geheimnisse nicht gewöhnt.

Jetzt werde ich nicht stehenbleiben – also weiter.

Es ist nicht so, wie es zunächst schien. Ich befinde mich in einer Art Tunnel, und es ist dunkel. Um ehrlich zu sein: Mir ist ziemlich mulmig zumute – aber da ich nun schon mal da bin, gehe ich weiter. Ich muss mich an den Wänden entlangtasten, damit ich nicht irgendwo dagegenstoße, und alles ist sehr staubig. Ich werde schmutzige Fingernägel bekommen, und das kann ich wirklich gar nicht leiden! Wie die Hände der Leute aussehen, ist mir immer sehr wichtig – das ist eine Marotte von mir.

Dieses Tunnelsystem ist riesig, oder zumindest kommt es mir so vor. Es gibt eine Menge verschiedener Wege in unterschiedliche Richtungen, wie eine Art Labyrinth.

Ich treffe eine Entscheidung: Während ich weitergehe, halte ich mich immer rechts, wenn es geht.

Immer wenn du auf eine Abzweigung stößt, hältst du dich rechts. Denke daran, dass der Weg unter anderen Wegen hindurch führen kann.

HURRA, ICH HABE DIE BOTSCHAFT MITHILFE DES MEDAILLONS ENTSCHLÜSSELT!

Deutschunterricht.

Heute habe ich keine Lust, aufzupassen. Ich sehe mir noch einmal den Zettel an, auf den ich heute früh die Botschaft gekritzelt habe.

DU SOLLST HEUTE VOR EIN UHR ELF
IN BETTYS KOPF EINDRINGEN.

Du liest dasselbe wie ich, nicht wahr? Dass ich in Bettys Kopf eindringen soll. Und ich kenne nur eine einzige Betty. Die arrogante Betty. Das kann doch nicht wahr sein. Sie ist doch so dumm. Was kann Betty in ihrem Kopf haben, das für mich interessant sein könnte? Fünf Tage ohne Nachricht von ihnen, und jetzt wollen sie, dass ich mich in Bettys Kopf begebe? Das verstehe ich nicht.

Das bestätigt, dass sie auch auf meine Schule gehen. Woher sollten sie sonst wissen, dass ich mich nachher mit ihr treffen werde? Und mehr noch: Ich bin mir sicher, dass wenigstens einer aus der Gruppe in meiner Klasse ist und das weitererzählt hat.

Plusquamperfekt? Ich verstehe nur Bahnhof …

Es ärgert mich gewaltig, dass ich in Bettys Kopf eindringen soll! Aber ich werde es tun. Tatsächlich habe ich schon alles vorbereitet. Ja, unter dem Vorwand, unsere Arbeit vorbereiten zu müssen, habe ich einen Ort ausgesucht, an dem uns niemand sehen kann. Es wäre übel, wenn uns jemand stören würde, während ich in ihrem Gedankenhaus bin – Hand in Hand und einander in die Augen blickend. Vielleicht denkt derjenige dann, wir seien ineinander verliebt, täten irgendetwas Esoterisches oder was weiß ich … Das hätte gerade noch gefehlt, dass jemand denkt, Betty würde mir gefallen. Bloß das nicht.

Ich halte nach Betty Ausschau.

Alles unter Kontrolle: Sie sitzt an einem Tisch in der dritten Reihe und schaut auf ihr Handy, das sie unter dem Tisch versteckt hält. Mir wird schon schlecht, wenn ich nur an diesen üblen Geruch denke, der sie umgibt. Außer ihr kenne ich keinen einzigen Menschen in meinem Alter, der jeden Tag Parfüm verwendet. Bäh!

Die Stunde ist rum. Ich gehe auf sie zu. Schon rieche ich es.

„Hallo, Lia."
„Hallo, Betty."

Wir gehen zur Bibliothek im zweiten Stock, die um diese Zeit immer leer ist. Ich möchte den Leuten von der Bruderschaft eine Menge Fragen stellen. Tatsächlich kann ich seit fünf Tagen an fast nichts anderes denken. Zu wissen, dass es weitere Türöffner gibt, hat viele Fragen aufgeworfen und zahlreiche Möglichkeiten eröffnet. Meine erste Frage: Warum habe ich sie nie bemerkt? Also, die Türöffner, meine ich.

Ich halte die Luft an. Es ist nicht auszuhalten.

Wir betreten die Bibliothek. Das Schlimmste ist: Wenn ich aus ihrem Kopf rauskomme, muss ich ja immer noch diese Arbeit mit ihr machen. Wir setzen uns, ich nehme ihre Hände, und bevor sie etwas sagen kann …

Zuuummm.

ROSAROTER KAUGUMMI

Alles ist dunkel.

Diese Dunkelheit rund um die Eingangstüren der Gedankenhäuser ist dicht, undurchdringlich, wie ein Pudding, der flüssig zu sein scheint, es aber nicht ist. Verstehst du?

Das kann nicht sein! Nein, wirklich! Bettys Tür ist rosa. Nicht blassrosa, sondern wie Erdbeerkaugummi mit rosa Farbstoff. Ich hätte es mir denken können. Die Tür ist ebenso geschmacklos und kitschig wie Betty selbst. Unglaublich. Aber ich verstehe einfach nicht, warum die Leute von der Bruderschaft mich hierhergeschickt haben. Nun ja.

Alles riecht wie sie, nach diesem Alte-Damen-Parfüm.

Bevor ich weitermache, muss ich dir etwas sagen: Als ich vor Bettys Tür angekommen bin, trug ich mein Einbrecherkostüm, wie immer. Aber diesmal ist auch meine Armbanduhr da. Genial! Ich bin nicht verrückt. Alles, was ich in der Fabrik erlebt habe, ist tatsächlich passiert. Das ist wirklich aufregend.

Ich versuche, den Atem anzuhalten.

„Lia?"

Schwan und Schlange erscheinen neben mir. Ich zucke zusammen.

Aber muss man denn nicht die Person berühren, in deren Kopf man eindringen möchte? Ich verstehe das nicht, denn ich bin sicher, dass sie nicht zusammen mit uns in der Bibliothek waren. Vielleicht sind sie mir gefolgt – oder es gibt noch eine andere Möglichkeit, Gedankenhäuser zu betreten …

„Denk daran, dass du höchstens sechzig Minuten Zeit hast, um Bettys Tür zu öffnen und das Geheimnis dahinter zu entdecken. Nicht mehr."

Kein „Hallo", kein „Wie geht's?", kein „Tut uns leid, dass wir uns fünf Tage lang nicht gemeldet haben." Offensichtlich ist es Schwan, die spricht.

„Einen Augenblick", erwidere ich. „Darf ich wissen, was ich hier tue? Und warum muss ich in den Kopf der Person aus meiner Klasse eindringen, die ich am wenigsten leiden kann?"

Schwan wirft Schlange einen Blick zu, der mitleidig wirkt. Ich weiß nicht, ob er es wirklich ist, aber mir kam es zumindest so vor.

Ich schaue auf die Uhr. Die Zeit verrinnt. Und der Geruch ist unerträglich.

„Lia, ich muss dich bitten, uns zu vertrauen. Um die Ausbildung fortzusetzen, musst du Bettys Haus betreten. Die Zeit läuft uns davon. Am Ausgang werde ich dir antworten."

„Versprochen?"

„Versprochen. Noch eine Sache: Sei vorsichtig. Diese Aufgabe ist schwieriger als die letzte. Nichts ist, wie es scheint, Lia, das ist das Geheimnis. Verstehst du? Wenn dir Zweifel kommen, denke daran: Nichts ist, wie es scheint. Orientiere dich nicht an dem, was da ist, sondern an dem, was nicht da ist."

Ich glaube nicht, dass Bettys Haus sehr gefährlich ist. Aber wir werden ja sehen. Ich bin nervös geworden und habe schweißnasse Hände, ganz zu schweigen von den Bauchschmerzen, die sich gerade eingestellt haben.

Im Geiste gehe ich meine Listen durch, bevor ich die Tür zu öffnen versuche.

Schlange beißt die Zähne zusammen, als müsse sie sich beherrschen. Ich ignoriere sie. Weiter geht's.

Konzentriere dich nicht auf das Schwarze,
sondern auf das, was du dazwischen siehst.

ICH BIN IN MEINEM KOPF!

Ich habe die unbewusste Barriere überwunden.

Es ist anders gewesen. Als meine Hände meine Brust berührten, verschwand alles, und ich stieß auf eine Art Membran. Doch jetzt, da ich sie durchstoßen habe, erreiche ich den Vorplatz meiner Tür. Was für eine Aufregung: Ich werde mein Gedankenhaus kennenlernen!

Dieser Vorplatz hat einen leicht rötlichen Farbton.

Meine Tür ist rot, groß, leuchtend und toll. Zumindest ist das für mich so. Ich würde sie gegen nichts in der Welt eintauschen. Und ja: Es handelt sich um dieselbe rote Tür, die ich in den Türensälen der anderen gesehen habe. Aber nein: Ich werde nicht anhalten, um darüber nachzudenken, warum meine Tür sich genau neben der von Jakob befand, denn dann würde ich rot werden.

Ich bin nicht allein.

Wir sind zu zweit, ich in meinem Diebinnenkostüm und Betty mit ihrer Schlangenmaske. Es wäre mir lieber, wenn sie nicht da wäre, aber ich weiß, dass sie da sein muss.

Ich muss drei Türen schützen, wenn ich möchte, dass die Bruderschaft in Sicherheit ist:

Erstens: die Eingangstür meines Hauses.
Zweitens: die Ausgangstür.
Drittens: die Tür, die andere im Türensaal sehen.

„Lia, bisher hast du Türen geöffnet. Aber jetzt möchte ich, dass du für diese hier ein Schloss erschaffst. Eichhörnchen hat mir gesagt, dass du bereits Dinge herstellen kannst. Gib dir also ein bisschen Mühe. Mal sehen, ob es dir gelingt, eine Verriegelung hinzubekommen, die sich nicht aufmachen lässt."

Ich strenge mich an – und wie! Sie soll ihr blaues Wunder erleben. Also erschaffe ich ein Sicherheitsvorhängeschloss aus Titan. Betty lächelt, und im Handumdrehen hat sie einen Dietrich in der Hand, wie die Schlüsseldienste ihn haben, um alle Arten von Türen zu öffnen. Ich bin baff. Wenn mir vor ein paar Tagen jemand gesagt hätte, dass ich so etwas machen würde, hätte ich ihn ausgelacht.

Ich probiere es weiter und erschaffe immer kompliziertere Schlösser. Denn womit kann man denn eine Tür verschließen, wenn nicht mit einem Schloss? Aber Betty öffnet sie alle in Nullkommanichts.

„Hast du nicht zugehört? In der Gedankenwelt werden Türen mit Rätseln verschlossen, nicht mit Gegenständen. Versuch's also noch einmal. Je schwieriger es ist, hineinzukommen, desto sicherer sind wir alle. Sie sind bereits in deinen Kopf eingedrungen. Und du hast schon einmal versagt. Das darf nicht noch einmal passieren."

Höre ich da eine eindringliche Bitte in ihrer Stimme? Betty bittet um etwas?

„Wart ihr ein Paar, du und Andrew?"

Ich weiß nicht, warum ich diese Frage gestellt habe. Betty sieht mich jetzt so feindselig an, dass ich sie wohl besser nicht gefragt hätte.

„Konzentrier dich. Erschaffe etwas, das sich nicht mit einem Schlüssel öffnen lässt. Entweder du verschließt diese Tür oder es ist ziemlich egal, ob du Jakobs neue Freundin bist. Dann werde ich selbst dich für immer einschließen."

Jetzt ist sie zu weit gegangen. Wütend, wie ich bin, erschaffe ich ein superschwieriges Rätsel. Ich bin mir sicher, dass sie nicht in der Lage sein wird, es zu lösen.

„Versuch jetzt mal, die Tür zu öffnen, du Klugscheißerin."

Sie schaut mich an. Aber sie bewegt sich nicht.

„Nein, du bist diejenige, die aufmachen muss. Erinnerst du dich?"

Zähle die Quadrate und die Dreiecke in dieser Abbildung.

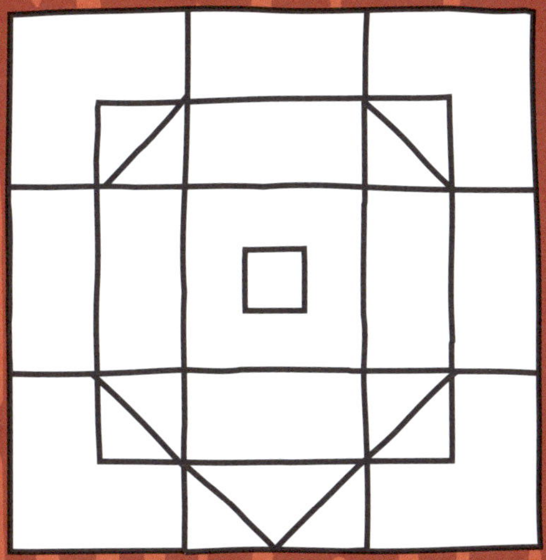

ICH HABE DIE LETZTE NACHRICHT MITHILFE DER BROSCHE UND DER ANDEREN GEGENSTÄNDE ENTZIFFERT!

Warum überrascht mich der Ort unsers Treffens nicht?

KOMM INNERHALB VON
119 SEKUNDEN IN DEIN HAUS.

Also, Handfläche auf Handfläche, Kreis, die Luft zusammendrücken …

Zuuummm.

Vor der Fabrik, in der ich in meiner Gedankenwelt lebe, stehen Falke, Eichhörnchen, Schlange, Schwan und Gepard. Sie bilden einen Kreis, in dem nur noch ich fehle. Ich nehme meinen Platz ein.

Jeder von uns hat seine eigene Tür vor sich: Falke seine weiße Tür, Eichhörnchen ihre grüne, Schlange ihre rosafarbene, Schwan ihre ockerfarbene, Gepard seine schwarze und ich meine rote. Alles ist vorbereitet.

Anscheinend leitet Schwan die Zeremonie. Sie hebt die Arme in die Luft und fragt:

„Bist du bereit, in die Bruderschaft des Schlüssels einzutreten und die Geheimnisse der Welt zu hüten?"

„Ja, das bin ich."

„Dann soll die Prüfung der sechs Türen beginnen und schließlich den Moment der Wahrheit bringen."

Zwischen den Kerzen sind Gesichter. Sieh dir das Bild von ferne an.
Such das Kaninchen. Addiere oder subtrahiere, je nach Weg.

Spinne. Sieh in dieselbe Richtung wie das Auge. Suche gleiche Farben. Addiere oder subtrahiere, je nach Weg.

✌ ICH HABE FALKES TÜR GEÖFFNET!

Die Dunkelheit verzieht sich.

Das kann ja wohl nicht wahr sein! Wie toll! Falkes Haus ist eine Art weißes Schloss mit spitzen Türmen, die hoch in den Himmel ragen und in den Wolken verschwinden. Alles riecht nach feuchter Erde, aber gut, wie ein Feld nach einem Regenguss riecht. Ich bin mächtig beeindruckt und könnte stundenlang hier herumlaufen. Tatsächlich bin ich sehr überrascht – um genau zu sein doppelt überrascht:

Erste Überraschung: Das Schloss ist riesig! Die Gedankenhäuser, in die ich sonst eingedrungen bin, waren alle wesentlich kleiner.
Zweite Überraschung: Außer Eichhörnchen sind wir alle da! Ich weiß nicht, wie sie das gemacht haben, aber als die Dunkelheit verschwunden ist, sind Falke, Schwan, Gepard und Schlange neben der Tür aufgetaucht.

Ich schaue nach rechts und links, um Eichhörnchen zu suchen.

„Eichhörnchen ist geblieben, um auf unsere physischen Körper aufzupassen“, sagt Schwan.

Aufpassen? Das heißt ja, dass unsere Körper sich noch immer in der Fabrik befinden. Krass! Ich habe mich schon immer gefragt, was mit mir geschieht, wenn ich in den Kopf eines Menschen eindringe. Dann muss ich ja wie ein Zombie wirken. Keine schöne Vorstellung …

Ich habe keine Zweifel mehr: Wenn sie hier sind, haben sie nicht gelogen und sind ebenfalls Türöffner, wie ich. Dann kann es auch stimmen, dass es noch weitere Türöffner auf der Welt gibt! Schwan lächelt mich an und sagt:

„Herzlichen Glückwunsch, Lia. Du hast es geschafft, Falkes Tür zu öffnen. Und ich kann dir versichern, dass das nicht ganz einfach war.“

Es ist mir tatsächlich nicht leicht gefallen, seine Tür zu öffnen, aber das werde ich nicht zugeben.

Schlange schnauft, als wolle sie sagen: „Reines Glück!". Als ginge der Angeber der Klasse zur Tafel, um eine Aufgabe zu lösen, und wenn er die richtige Antwort gibt, will man das gar nicht so recht glauben. Weißt du, was ich meine?

Ui! Schwan spricht weiter. Dieses Mädchen kann nicht still sein.

„Wir Türöffner müssen unsere Gedankenhäuser sehr gut schützen. Du musst da sehr vorsichtig sein, Lia."
„Warum? Vor wem müssen wir uns schützen?"

Sie antwortet mir nicht. Schwan ist ein bisschen affektiert, aber um das klarzustellen: Ich mag sie.

„Bevor wir zu ernsteren Themen kommen, werden wir dir ein Geheimnis erzählen, das dir gefallen wird."

Ich bin ganz Ohr. Ich mag Geheimnisse, denn sie stellen eine Verbindung zu anderen Menschen her. Aber andererseits mag ich sie auch wieder nicht, weil man sie nicht weitererzählen kann. Das ist schon seltsam.

„Willst du wissen, wie du in die reale Welt zurückkehren kannst, ohne Kopfschmerzen zu bekommen?"

Ach was! Ich kann rein- und rausgehen ohne „Nebenwirkungen"? Das wäre wirklich toll. Offensichtlich hat sich die Mühe, hierher zu kommen, tatsächlich gelohnt. Auf meinen Instinkt kann ich mich verlassen.

„Du zögerst?"

Wenn ich mich nicht sehr irre, blickt Gepard zur Seite, um nicht laut loszulachen. Schwan und Falke lächeln. Nur Schlange scheint meine Begeisterung nicht zu gefallen. Es ist nur eine Frage der Zeit, dass ich diese Freaks sympathisch finden werde. Nun ja, bei Schlange wird es wohl ein bisschen länger dauern.

„Das Geheimnis befindet sich hier drinnen."

Sie geben mir einen Würfel. Einen Würfel aus Metall. Er hat keinen Schließmechanismus. Soll das ein Witz sein? Nein, es ist kein Witz, denn sie verziehen keine Miene. Ich betrachte den Würfel. Er zeigt eine Menge Zahlen.

Verbinde die Zahlen in aufsteigender Reihenfolge.

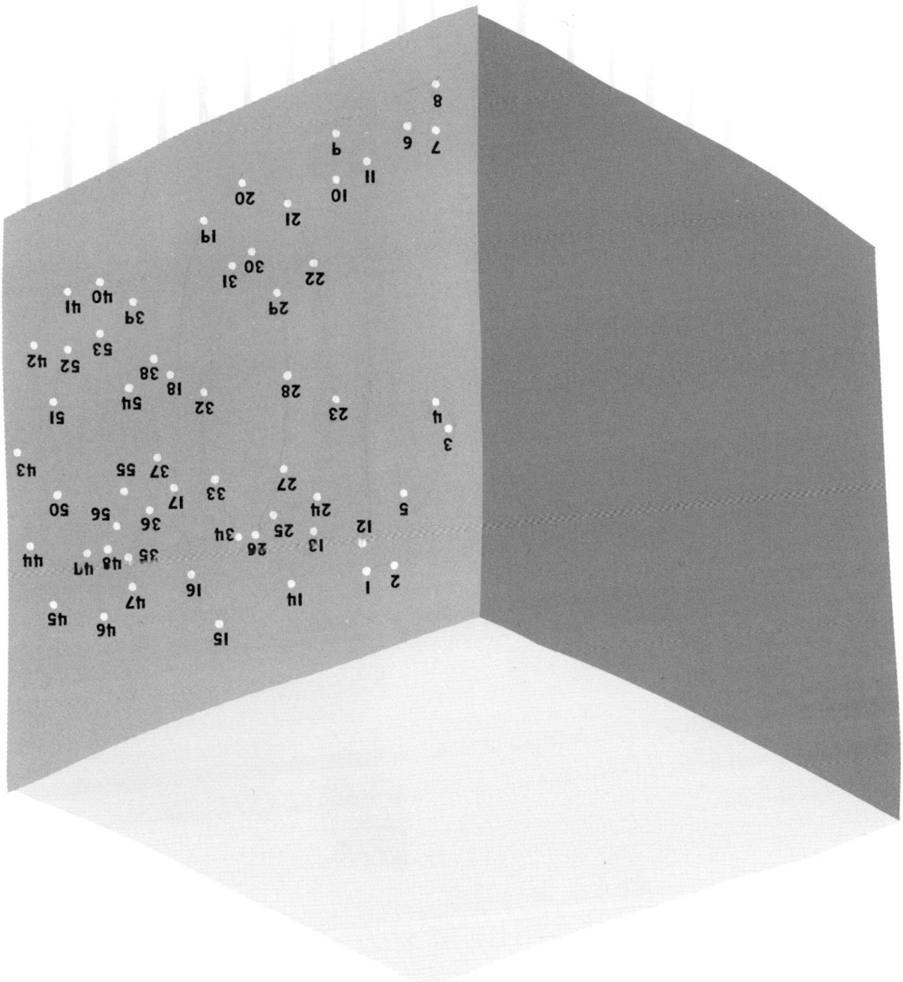

NUN WEISS ICH WIEDER, WO ICH BIN!

Endlich finde ich mich wieder zurecht.

Ich streife weiter durch mein Gedankenhaus und bin begeistert. Das Haus ist groß, städtisch und modern. Man kann sich darin aus dem Weg gehen, wenn man will, oder große Partys feiern, falls man sowas mag. Meine Geheimnisse sind in der Keksdose verwahrt, die auf dem Küchenschrank steht. Sie ist fast leer. Auch wenn ich nicht viele Geheimnisse habe, bringe ich ein Schloss an, damit sie nicht so leicht zugänglich sind. Ich lege alle Bilder von Jakob hinein.

Der Gedanke, dass letzte Nacht ein Unbekannter mein Haus betreten hat, bevor ich selbst es gesehen habe, tut mir weh.

Ich bin damit beschäftigt, überall Fallen einzurichten und aufzustellen. Besonders sorgfältig verschließe ich die Tür, die zu meinem Türensaal führt, und die Ausgangstür meines Hauses. Es sind bereits fast 53 Minuten vergangen. Ich sollte mich beeilen, denn ich weiß nicht, ob ich länger als eine Stunde in meinem Haus bleiben kann. Diesen Punkt setze ich auf die Liste der Dinge, die ich Jakob fragen will:

Frage 1: Was passiert, wenn ich über eine Stunde in meinem eigenen Gedankenhaus bleibe? Verwandle ich mich dann in eine meiner eigenen Erinnerungen? Das wäre, wie im Koma zu liegen, oder? Wie Andrew?
Frage 2: Wenn das neulich in meinem Haus die Quanten waren, heißt das dann, dass sie alle meine Geheimnisse entdeckt haben?
Frage 3: Wer ist Schwan? Sie ist die Einzige, die ich noch nicht identifizieren konnte, und ich habe sie seit Tagen nicht gesehen.

Ich werde ihm diese Fragen stellen, obwohl ich jetzt schon weiß, dass er auf die dritte nicht antworten wird.

Bevor die Zeit um ist, verschließe ich die Ausgangstür mit einem letzten Rätsel und nutze es gleich, um zu überprüfen, ob es richtig ist.

Das Schlüsselloch ist ein Würfel. Zähle alle Würfel.

ICH HABE MINDYS TÜR GEÖFFNET!

Obwohl sich die Dunkelheit verzieht, sieht man den Himmel nicht, weil die Zweige von Bäumen ihn verdecken. Aber es gibt Tageslicht. Also, ich will damit sagen, dass es sich nicht um eines jener finsteren und feuchten Waldstücke handelt, das in Märchen durchquert werden muss. Nein. Es ist einer jener Wälder, wie er auf Postkarten zu sehen ist, mit riesigen Bäumen, einem Geruch nach Nüssen und einer unglaublich angenehmen Temperatur. Überall sind Geräusche zu hören. Sie stammen von den Tieren, die hier leben. Natürlich ist Falke, Mindys Bruder, bei uns.

„Wo ist Gepard?", frage ich Mindy.

„Er ist draußen geblieben, um sicherzugehen, dass nichts und niemand uns stört."

Ich wüsste gerne, was ein neunjähriges Mädchen in dieser ganzen Geschichte zu suchen hat, so superklug es auch sein mag. Und ich bin neugierig, was Mindy mir zeigen wird. Jedes Mal, wenn ich in ein Gedankenhaus eingedrungen bin, habe ich etwas Neues gelernt:

In Falkes Haus: Nie länger als eine Stunde Gedankenzeit in jemandes Kopf bleiben, sonst verschwindet man darin für immer. Und natürlich habe ich gelernt, ein Gedankenhaus zu verlassen, ohne danach Kopfschmerzen zu haben.

In Schlanges Haus: Ich habe meine innere Energie gefunden und einzusetzen gelernt. Nichts ist so, wie es zu sein scheint. Und all das ist kein Spiel.

In Jakobs Haus: Ich habe den Türensaal entdeckt und erfahren, wie man von einem Gedankenhaus in ein anderes reist, ohne zwischendurch in die reale Welt zurückzukehren. Außerdem habe ich gelernt, dass man den Raum beherrschen kann.

In Schwans Haus: Ich habe erkannt, dass die Bruderschaft des Schlüssels über die Privatsphäre wacht. Darüber hinaus habe ich erfahren, dass sie aus sechs Mitgliedern besteht, die einen Kreis bilden, durch den die Fähigkeiten der Einzelnen verstärkt werden. Und dass sie wollen, dass ich das sechste Mitglied werde. Außerdem gibt es die Quanten, die nicht möchten, dass sich der Kreis schließt. Und aus diesem Grund werden sie versuchen zu verhindern, dass ich die Prüfungen mache. Und …

Das Licht beleuchtet Mindys Haus.

Rau verputzte, braune und sehr hohe Wände werden rund um Mindys Tür sichtbar. Klar! Eichhörnchen lebt in einem Baum. Warum bin ich nicht gleich darauf gekommen? Ihr Haus gefällt mir. Wenn man diese Behausung sieht, muss man sie einfach mögen. Also Eichhörnchen, meine ich, nicht das Haus.

Eichhörnchen betritt den Baum. Sie tut das mit einer solchen Selbstverständlichkeit, als sei es logisch. Ein Wiesel sitzt auf ihrer Schulter. Und die Fenster sind keine echten Fenster, sondern Astlöcher, während auf den Zweigen zahlreiche Vögel in den verschiedensten Farben sitzen.

In der Mitte des Saales gibt es Kissen, Teppiche und karierte Decken. Im Hintergrund ist eine Wendeltreppe zu sehen, die nach unten führt. Mindy schaut einen Moment zur Tür, kontrolliert, dass Falke Wache steht, und gibt mir dann ein Zeichen, ihr zu folgen.

Wir steigen die Treppe hinunter.

Wir gehen eine ganze Weile hinab, sodass wir mindestens schon bei den Wurzeln ihres Baumes angekommen sein sollten. Endlich erreichen wir das Ende der Treppe. Eine einfache Brettertür, nicht angemalt. Bevor Eichhörnchen sie öffnet, dreht sie sich zu mir um und sagt:

„Lia, ich weiß, dass Schwan dir vom Kreis der Bruderschaft erzählt hat. Bisher haben wir dich auf den großen Tag vorbereitet – den Tag, an dem du, wenn alles gut geht, ein Mitglied der Bruderschaft des Schlüssels wirst. An diesem Tag musst du sechs Prüfungen bestehen, eine nach der anderen, ohne Pause und ohne dass wir dir helfen können. Aus diesem Grund müssen wir dir vorher alles beibringen, was wir können. Ich bin eine Schöpferin und werde dir zeigen, wie man Dinge macht. Es macht Spaß, du wirst sehen, und ich bin mir sicher, dass es dir gefallen wird."

Was hat diese Rotzgöre gesagt? „Der große Tag"? „Ohne Pause"?

Ohne mir Zeit zu lassen, das zu verarbeiten, was sie mir gerade erzählt hat, öffnet Mindy die Tür.

Wir befinden uns in einem riesigen, gigantischen Saal, dessen Ende nicht zu sehen ist. Hunderte kleiner Tiere laufen darin umher. Sie tragen Arbeitsschürzen, und obwohl sie nicht sprechen, veranstalten sie einen ohrenbetäubenden Lärm. Es klingt nach Hammer, Amboss, Sägen, ... Aber auf dem riesigen Arbeitstisch, der den Saal dominiert, liegt nichts. Er ist leer. Auch die Wände sind leer. Die Regale aus Metall: leer. Die Körbe: leer. Es handelt sich um eine Werkstatt, aber es gibt hier nichts – kein Material, keine Werkzeuge. Trotzdem sind alle beschäftigt, als ob sie an einem großen Fließband stünden. Woher nehmen sie alles, was sie brauchen?

Dann beobachte ich die Szene mit etwas mehr Aufmerksamkeit und sehe, dass die Dinge auftauchen, wenn sie benötigt werden. Ein Biber eilt an uns vorbei und nimmt einen Hammer aus einem Regal, in dem vorher nichts gewesen ist. Das ist ja klasse!

Mindy sieht mich an und lächelt.

„Hier hast du alles, was du brauchst, um in der Gedankenwelt Dinge zu erschaffen."

Es ist seltsam. Es scheint etwas auf dem Tisch zu liegen, doch wenn ich mich darauf konzentriere, verschwindet es. Mindy sieht meinen „Ich kapiere das nicht"-Blick und lacht.

„Lia, in der Gedankenwelt existieren die Dinge nicht wirklich. Wir brauchen kein echtes Material, wenn wir es uns vorstellen können. Doch auch wenn die Dinge im wahrsten Sinne des Wortes aus dem Nichts erschaffen werden, haben sie dieselbe Funktion wie in der realen Welt."

Aber existieren diese Dinge nun oder nicht? Ich habe es noch nicht verstanden und da Mindy das merkt, fährt sie fort:

„Wenn wir Hunger haben, essen wir und haben das Gefühl, einen vollen Bauch zu haben, obwohl nirgends Lebensmittel zu sehen sind. Wenn wir Durst haben, trinken wir, so viel wir wollen, obwohl nirgends Wasser ist."

„Aber wenn es nicht real ist, warum will ich dann essen? Kann ich nicht ohne Essen auskommen?"

„Es ist sehr wichtig, dass du folgendes verstehst: Alles entsteht in unserem Gehirn, und das ist sehr machtvoll. Theoretisch könntest du nichts essen, aber es ist besser, wenn du es tust. Wenn du nichts isst, wirst du irgendwann sterben. Es gibt sogar Waffen, die dich verletzen und umbringen können, auch wenn du nicht weißt, woher sie kommen, und obwohl sie im Gehirn entstanden sind. Das solltest du immer bedenken."

Ich denke an Jakob und den Feuerball, der in seiner Hand erschienen ist. Er leuchtete, verbrannte aber nicht. Das erzähle ich Mindy.

„Aber wenn die Folgen real sind, warum hat Gepard sich dann an seinem Feuerball nicht verbrannt?"

„Du kannst erschaffen, was du willst. Auch Feuer, das nichts verbrennt, verstehst du?"

Es ist erstaunlich: In der Gedankenwelt gibt es keine Grenzen – ich kann erschaffen, was ich möchte. Das gefällt mir. Nun ja, gut, es gibt doch eine Begrenzung: mein eigenes Gehirn.

„Wie mache ich das? Gibt es ein Wort für jede Sache, die ich erschaffen will?"

„Nein, Lia. Es sind keine Wörter erforderlich, um in der Gedankenwelt Dinge zu machen. Du kannst auch Dinge erschaffen, die keinen Namen haben."

„Aber wenn keine Wörter nötig sind, warum hat Gepard dann neulich eins gesagt, um das Feuer zu machen, das uns leuchten sollte?"

„Es ist leichter, etwas zu erschaffen, wenn man dazu ein Wort sagt, aber es ginge tatsächlich auch ohne. Probiere es aus."

Ich probiere es.

„Focus, Aqua, Aer, Terra!!!"

Es funktioniert nicht. Also versuche ich es, ohne etwas zu sagen. Ich stelle mir eine Lichtkugel vor, die sich in meiner Hand ausbreitet. Ich schließe die Augen und konzentriere mich. Und als ich die Augen wieder aufmache …

„Schau mal!"
„Gut gemacht, Lia. Das schafft nicht jeder."

Mindy lächelt und verschwindet. Und mit ihr verschwindet alles: die Vögel, die „Arbeiter" in der Werkstatt – nur eine Tür ist noch da. Jetzt weiß ich, dass es sich um Mindys Ausgangstür handelt.

Mindy taucht wieder auf.

„Fast hätte ich es vergessen. Entscheidend sind die Würfel."

Und schon ist sie wieder verschwunden.

Durch das kleine Fenster, das die beiden Welten miteinander verbindet, sehe ich, wie Jakob aufpasst, wie Ben die Hände auf die Schultern seiner Schwester legt und wie Mindy und ich dastehen, Hand in Hand und mit geschlossenen Augen. Ich glaube, ich beginne sie alle zu mögen.

Finde die beiden versteckten Würfel.

Es ist mir gelungen, Jakobs Tür zu öffnen!

Ich sehe schon sein Haus!

Donnerwetter! Seine Tür war schon beeindruckend, aber beim Anblick seines Hauses bin ich sprachlos. Es sieht aus, als könne es auch im alten London stehen, wie bei *Harry Potter.* Mit seinen runden Türmen und großen Fenstern. Aber die größte Überraschung ist, dass es vollkommen schwarz ist. Schwarze Fensterrahmen, schwarze Türen … Trotzdem wirkt es nicht düster. Es ist wunderschön.

Es steht inmitten eines Mohnblumenfeldes, das bis zu einigen grünen Bergen reicht, über denen es regnet. Na sowas! In Jakobs Haus ist es Nacht, aber da der Mond in all seiner Pracht scheint, ist es taghell. Dieses Tal ist riesig. Wie eine Landschaft in einem Gemälde. Das ist die schönste und eleganteste Tür, die ich jemals gesehen habe.

Ich stelle mir vor, wie ich über diese Felder laufe.

Es ist klar, dass Jakob ein Türöffner ist. Ich weiß nur noch nicht, ob er zur Bruderschaft des Schlüssels gehört oder nicht. Falls er Mitglied der Bruderschaft ist, kann er nur Falke sein, oder … In diesem Augenblick erscheint Gepard an meiner Seite. Ich hoffe, er bemerkt nicht, dass mein Gesicht dieselbe Farbe hat wie die Mohnblumen.

Damit er mir nichts anmerkt, frage ich, ob Schwan nicht kommen wird.

Er zögert, aber schließlich antwortet er mir, dass Schwan heute nicht kommt. Ich bin mir sicher, dass etwas vor sich geht, was er mir nicht erzählen will. Das merke ich an der Art, wie er zögert, und weil er den Blick senkt, bevor er spricht. Es geschieht etwas, und es ist nichts Gutes. Vielleicht sollte ich wieder gehen. Nach dem, was in Bettys Haus passiert ist, weiß ich, dass es ziemlich fies werden kann.

Doch ich gehe nicht. Ich bleibe.

„Deine Ausbildung muss weitergehen, Lia."
„Ich muss in das Haus hinein, oder?"
„Ja."
„Ist das Jakobs Haus?"
„Ja."
„Ist es dein Haus, Gepard?"
„Ja."

Ich weiß nicht, warum ich das gefragt habe. Aber ich habe es getan. Wir schauen uns immer noch an. Seine Augen sind Jakobs Augen und gleichzeitig auch wieder nicht. Seine Augen sind Gepards Augen und zugleich auch wieder nicht. Ich weiß nicht, wie ich das erklären soll. Es ist, als seien wir beide auf einmal etwas älter geworden, also erwachsener, meine ich.

„Und warum muss meine Ausbildung weitergehen, Gepard?"
„Weil wir dich brauchen. Du ahnst nicht, wie sehr wir dich brauchen."

Ich möchte weiter fragen, aber er hält mich zurück.

„Nicht jetzt, Lia. Ich weiß, dass es viele Dinge gibt, die du wissen willst. Hab bitte ein bisschen Geduld: Bald wirst du alles wissen."

Wie ernst er geworden ist.

Und da es uns peinlich ist, so ernst geworden zu sein, wechsle ich das Thema.

„Lässt du mich rein? Bestimmt finde ich den Ausgang im Handumdrehen."

Er bricht in lautes Gelächter aus.

„Glaub bloß nicht, dass es so einfach wird. Wenn du möchtest, kann ich dich an die Hand nehmen, damit du dich nicht verirrst – aber das wäre nicht so lustig. Oder doch?"

Wie eingebildet! Er wird ausflippen, wie schnell ich die Tür finde. Doch in diesem Augenblick ruft er:

„Labyrinthus!"

Das Haus entfernt sich von uns und ein großes Labyrinth erscheint.

Nun kenne ich Jakobs Fähigkeit: Er kann den Raum verändern. Er lacht, und für einen Moment vergesse ich, dass etwas Mieses passiert ist.

„Das ist geschummelt!"

Fortsetzung des Rätsels →

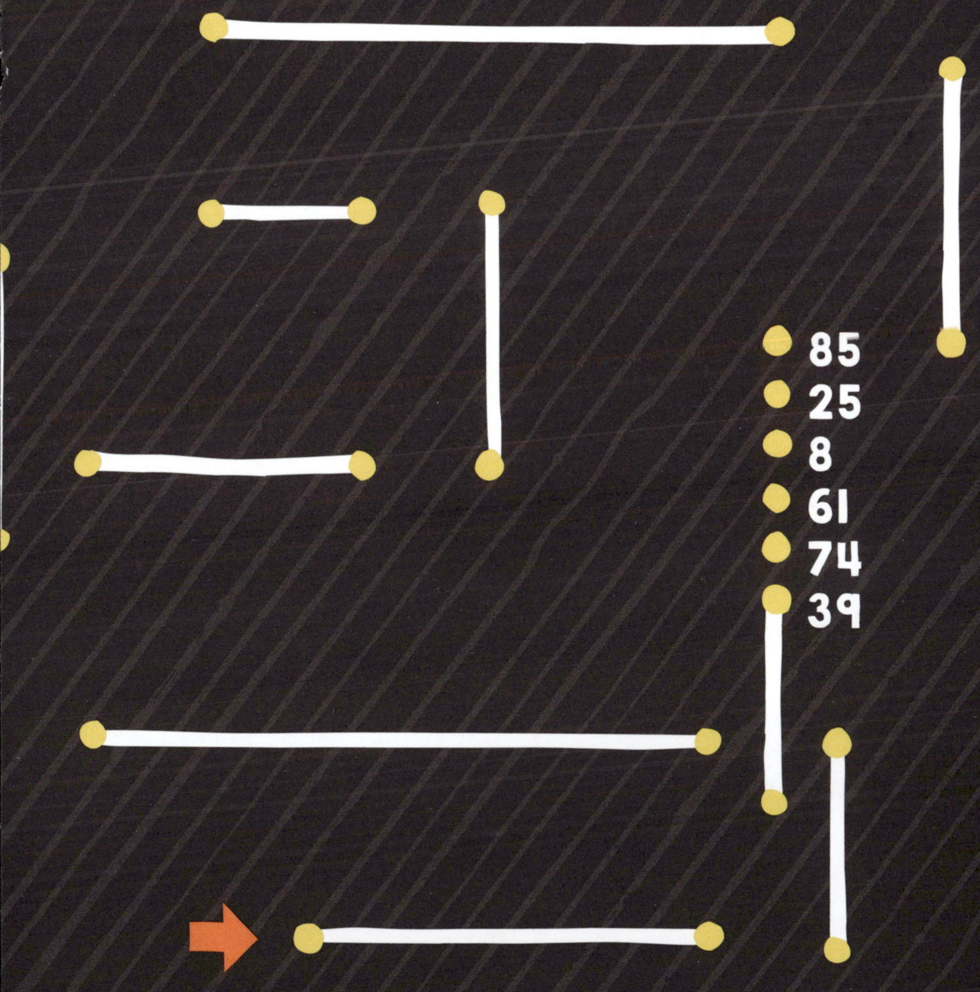

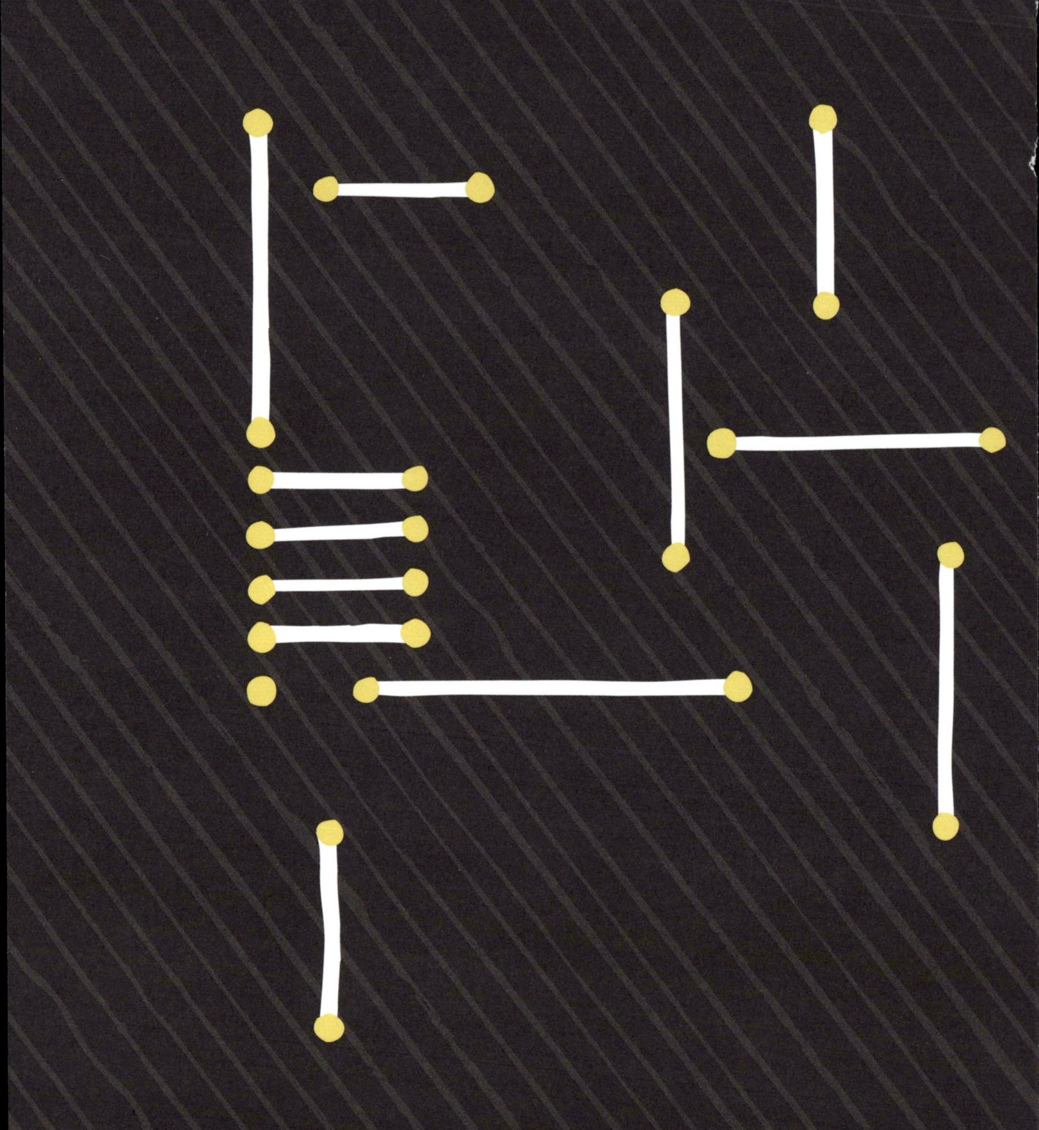

LÖSUNGEN

Seite 10

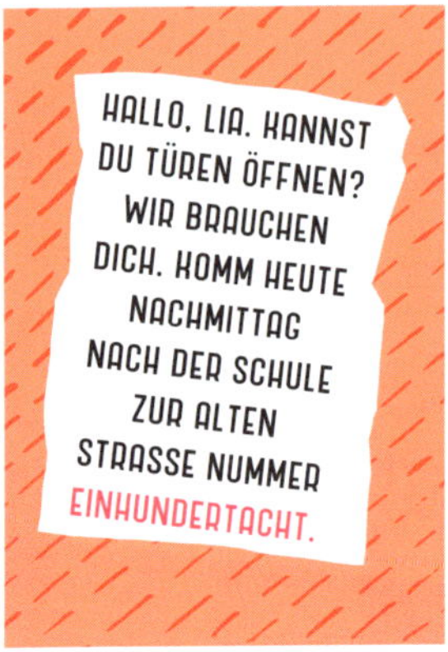

Die Lösung ist 108.

Seite 18

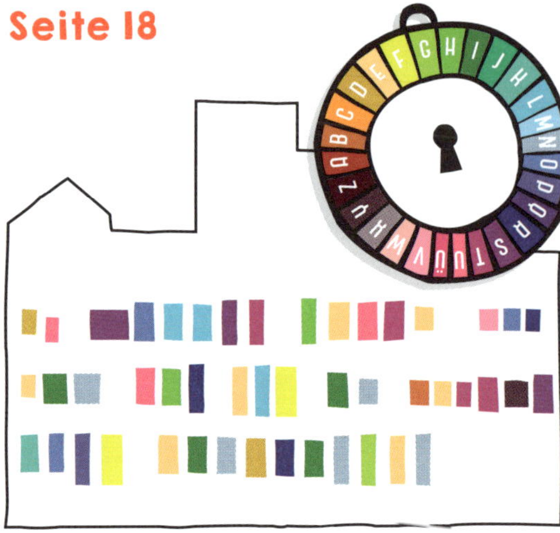

Die Lösung ist 111.

Seite 22

Die Lösung ist 48.

Seite 29

Die Lösung ist 40.

Seite 35

1=E 2=I 3=N 4=S - EINS
5=D 6=R 7=E 8=I - DREI
9=V 10=I 11=E 12=R - VIE

Die Lösung ist 134.

Seite 39

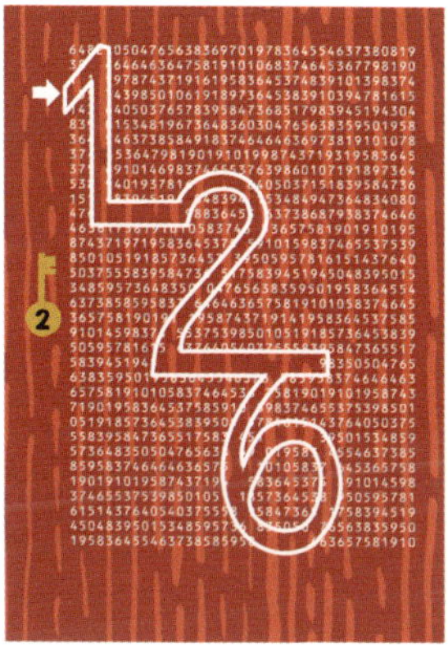

Die Lösung ist 126

Seite 47

Die Lösung ist 71.

Seite 53

Die Lösung ist 30.

Seite 57

Die Lösung ist 76.

Seite 65

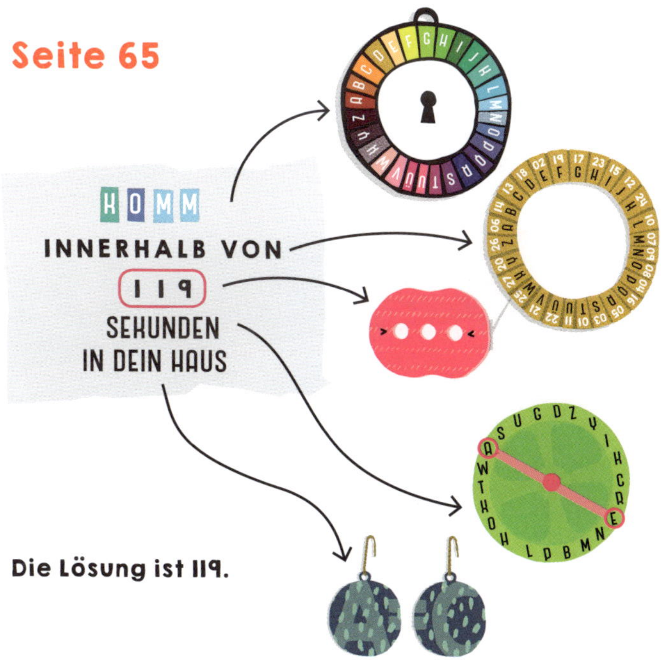

Die Lösung ist 119.

Seite 69-70

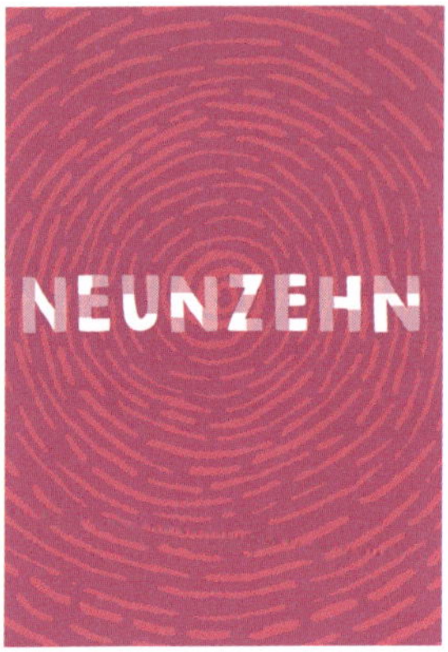

Die Lösung ist 19.

Seite 75

Die Lösung ist 128.

Seite 81

Die Lösung ist 116.

Seite 84

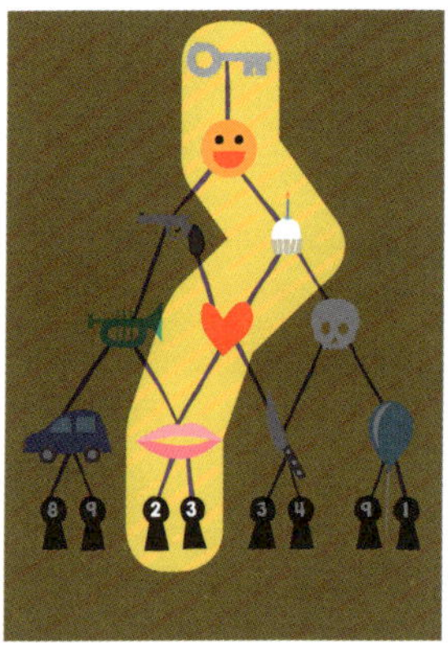

Die Lösung ist 23.

Seite 89

Die Lösung ist 82.

Seite 99

Die Lösung ist 122.

Seite 107

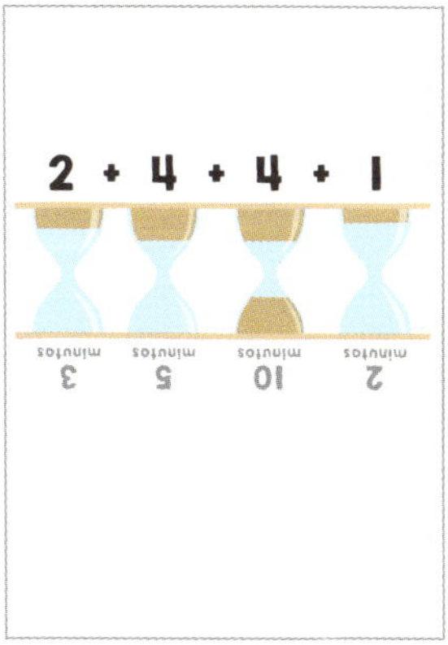

Die Lösung ist 11.

Seite 110

Die Lösung ist 92.

Seite 115

Die Lösung ist 66.

Seite 118

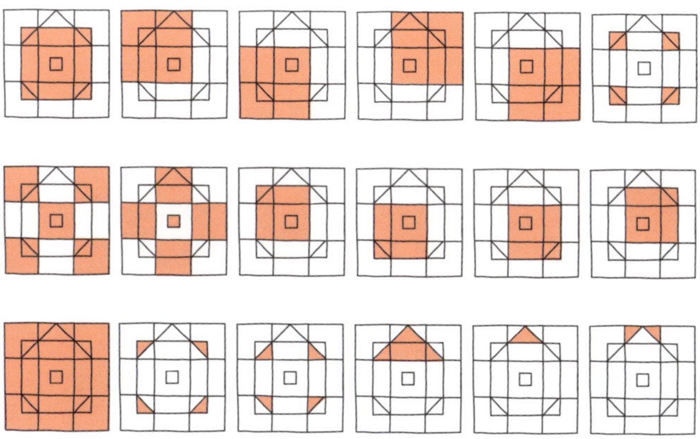

Die Lösung ist 36.

Seite 120-121

333-133+90-1-389+190. Die Lösung ist 90.

Seite 125

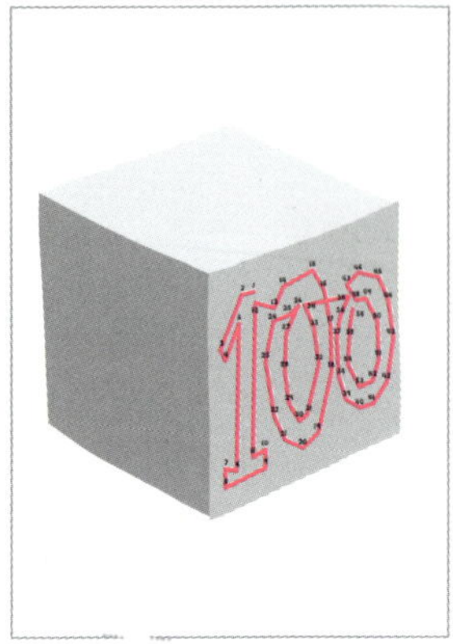

Die Lösung ist 100.

Seite 127

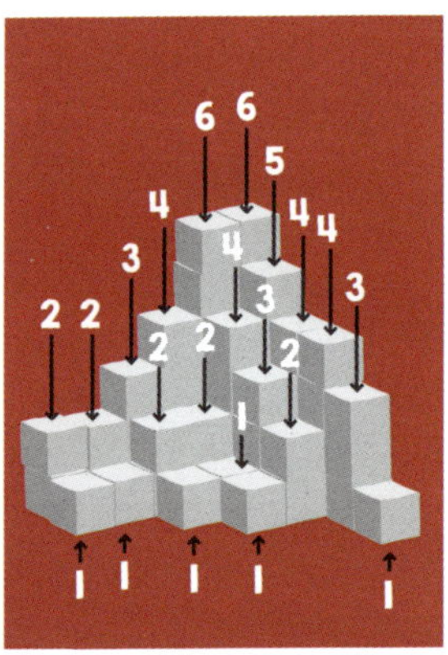

Die Lösung ist 58.

Seite 133

Die Lösung ist 54.

Seite 137-138

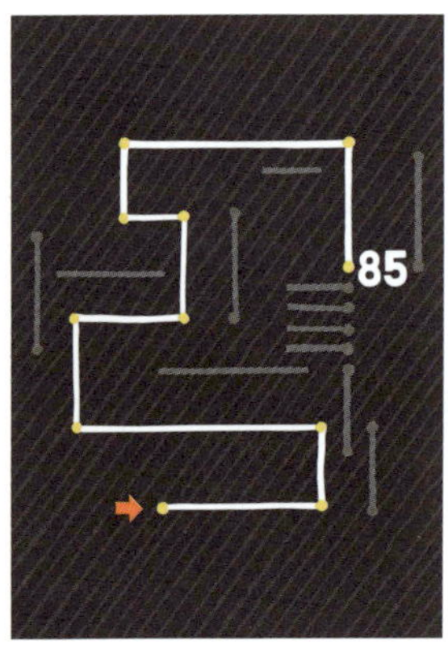

Die Lösung ist 85.